문학잡지 『國民詩歌』와 한반도의 일본어 시가문학

본서는 2014년 정부(교육인적자원부)의 재원으로 한국연구재단의 지원을 받아 수행
된 연구(KRF-2007-362-A00019)이다.

일본학총서
29
식민지 일본어문학
문화 시리즈
31

# 문학잡지
# 國民詩歌와
# 한반도의 일본어 시가문학

엄인경 저

역락

# 머리말

이 책은 1940년대 전반기 한반도에서 간행된 일본어 시가(詩歌) 전문 잡지 『국민시가(國民詩歌)』와 이 잡지를 창간한 단체 국민시가연맹(國民詩歌聯盟), 발행처 국민시가발행소의 그 외 간행 문학창작물 등을 대상으로 하여, 일제 말기 한반도의 '일본어 시가문학'을 전면적으로 고찰한 연구서이다.

중일전쟁 이후 일본이 수행하는 전쟁이 확장, 격화되면서 전쟁수행 물자의 부족, 특히 용지 부족이라는 실질적 문제에 봉착하여 1940년 하반기부터 조선총독부 당국에서는 잡지의 통폐합에 관한 협의가 이루어지고 이듬해 1941년 6월 발간 중이던 문예 잡지들은 일제히 폐간되었다. 이러한 조치는 일제의 언론 통제와 더불어 문예방면에 있어서 당시 국책 이데올로기를 효과적으로 장악하기 위한 방책이기도 하였는데, 문학 방면에서는 재조일본인작가 조선인작가를 가리지 않고 '국민문학'담론의 형태로 나타났다. 이와 관련하여 일제강점기를 통틀어 가장 많이 회자된 문학 전문잡지는 1941년 11월 창간된 최재서 주간의 『국민문학(國民文學)』일 것이다. 그러나 기존의 시가 분야의 다양한 문학결사를 통폐합하여 조선총독부의 지도 하에 결성된 국민시가연맹의 『국민시가』는 당시 '국민문학' 담론을 선도적으로 개진하며 『국민문학』보다 두 달이나 앞선 1941년 9월 창간되었으나, 이 잡지에 관해서는 지금까지 그 실체조차 잘 알려지지 않았다.

이와 같이 『국민시가』가 한반도의 일본어 문학사에서 상당히 중요한 문학사적 의의를 갖는 자료임에도 불구하고, 이에 관한 발굴과 연구가 늦어진 가장 큰 이유는, 재조일본인들이 중심이 된 한반도의 일본어 시 문단과 단카 문단에 대한 인식의 부족 때문이다. 『국민시가』의 '시가(詩歌)'는 시(詩)와 단카(短歌)가 장르적으로 통합을 이루어 탄생한 말이다. 단카는 그 연원이 매우 오래된 일본의 전통적인 노래, 즉 와카(和歌)라는 정형률 단시형의 대표격 장르이다. 우리에게 익숙하지 않은 이 단카가 실은 한반도가 일본에 의해 강제 병합되기 이전부터인 1900년대 초부터 한반도에서 창작되었다. 나아가 1920년대에는 전국적 문학결사를 조직하고 일본의 중앙문단과 네트워크를 형성하면서 본격적인 문학 전문잡지와 문학집을 간행하는 등 오랜 기간의 문단활동과 작품창작의 역사가 존재한다.

필자가 이 『국민시가』 자료를 발굴하고 연구하게 된 배경은 다음과 같다. 먼저 필자가 한반도와 만주지역의 일본어문헌 조사 관련 프로젝트[『한반도·만주 일본어문헌(1868-1945) 목록집(전13권)』, 도서출판 문, 2011.2]에 참여하면서, 일제강점기에 한반도에서 간행된 일본어 문헌들 중에 단카의 작품집과 전문 잡지가 방대하게 존재한다는 사실을 알게 되었다. 물론 『국민시가』의 존재를 알게 된 것도 위의 자료집을 만들면서 해당 잡지의 현존본을 확인한 것이 그 계기가 되었다.

이 무렵부터 고려대 일본연구센터 '식민지 일본어 문학/문화 연구회'에 참여하고 있었던 필자로서는 그 당시까지 일본고전문학을 전공하였던 경험을 살려 일제감점기 단카나 하이쿠(俳句), 센류(川柳) 등 한반도에서 간행된 일본전통시가 연구를 통해 '식민지 일본어 문학' 연구에 새로운 영역을 개척하고자 하였다. 이러한 연구활동과 상기의 목록집에 근거하여 2012년부터 단카나 하이쿠, 센류와 같은 일본 전통시가와 관련된 원자료들을 발굴하고 수집하여 2013년 3월에는 『한반도·중국 만주지역 간행 일본 전통시가 자료집(전45권)』(도서출판 이회)을 간행하기에 이르렀고, 이 자료집을 통해 단카 자료의 맥락에서 『국민시가』의 실체가 드러나게 되었다.

『국민시가』는 1940년대 전반기 한반도에서 간행된 유일한 시가문학 전문 잡지였으며, 재조일본인 시인, 가인(歌人)들뿐 아니라 지금까지 한국문학계에도 잘 알려지지 않은 이광수, 김용제, 주영섭, 윤두헌, 조우식 등 조선인 시인들의 일본어 시 작품과 평론도 다수 수록되어 있다. 특히 『국민시가』를 간행한 '국민시가연맹'은 '조선문인협회'와 더불어 1943년 '조선문인보국회'를 창립한 다섯 단체 중 하나였다. 따라서 『국민시가』는 1940년대 초두에 당시 재조일본인, 조선인 문단을 석권하였던 '국민문학' 담론이 어떻게 전개되었는지, 나아가 재조일본인 작가와 조선인 작가가 하나의 문학공간 속에서 어떻게 문학적 창작을 영위하였는지, 나아가 재조일본인 문단의 주로였던 전통시가 장르가 1940년대 이후 어떻게 변모하였는지를 이해하는 좋은 자료라 할 수 있다.

필자는 한반도 전통시가 장르의 연구를 수행하면서 새롭게 발굴한 『국민시가』의 평론과 단카 및 시작품을 본격적으로 분석하게 되었고, 일본문학·일본역사 전공 연구자들과 팀을 꾸려 현존본 여섯 호를 공동으로 완역하는 작업에 착수하였다. 본시의 간행과 더불어 실제 이 『국민시가』의 내용을 한국학계에 제시하고자 현존본 여섯 호의 완역 시리즈도 동시에 간행하게 되었다.

본서 『문학잡지 『國民詩歌』와 한반도의 일본어 시가문학』은 필자가 최근 2년간 발표한 『국민시가』에 관한 글, 그리고 이전에 조사한 단카 관련 문학잡지 및 작품집 관련 글들을 일부 묶고, 단행본으로서의 체제를 갖추기 위해 대폭 수정, 가필하거나 일부는 새롭게 집필하여 추가한 것이다. 이 책의 구성은 다음과 같다.

우선 1장에서는 일제강점기 일본어 시가문학 연구의 현황을 점검하고 한반도에서 간행된 일본어 잡지와 잡지 내에 설치된 문예란, 그리고 한반도 내 문학 전문잡지들의 전개양상 속에서 일제강점기 말의 『국민시가』로 이어지는 일본어 잡지와 일본어 문학의 맥락을 개괄하였다.

그리고 2장에서는 이 『국민시가』의 탄생과정을 역사적 맥락에서 바라보기 위해 한반도의 단카 문단, 즉 가단(歌壇)이 한반도에서 어떻게 형성되고 전개되었는지, 지금까지 한·일 양국 문학계에서 그다지 언급된 적이 없었던 1920년대 이후부터 한반도에서 간행된 단카 전문 잡지들과 작품집들을 통시적으로 개괄하여 이를 『국민시가』의 전사(前史)로서 파악해 보았다.

다음 3장에서는 일제강점기 말에 '국민시가연맹'이 유일한 시가단체로서 만들어지고, 1941년 9월 그 기관지 『국민시가』가 탄생하는 배경과 간행 목적을 면밀히 검토하고, 당시의 '국민문학' 담론으로 수렴되었던 『국민시가』 내의 '국민시가'론의 지향점과 그 내부적 길항과 모순을 다루었다.

4장과 5장에서는 『국민시가』를 구성하는 두 장르인 시와 단카에 대해 본격적으로 작품 분석을 시도하였다. 우선 4장에서는 '국민시가연맹' 및 『국민시가』를 전체적으로 주도하였던 단카 분야를 상세하게 검토하였다. 이러한 고찰을 위해서 단카들을 유형별로 분류하고 각 유형별 특징, 그리고 단카와 관련된 평론, 즉 가론(歌論)의 특색을 규명하고, 단카에 그려진 조선적인 소재가 어떠한 효과를 갖는지 정치하게 고찰하였다.

다음 5장에서는『국민시가』에 수록된 일본어 시를 유형별로 분류하고 그 특징을 파악하였다. 그리고 1942년 이후 활성화된『국민시가』내의 시론(詩論)이 어떠한 논리로 이루어져 있는지, 또한 국책시로 수렴될 수 없는 수많은 비국책시들은 일제강점기 말의 문학에서 어떠한 위치를 차지하는지를 살펴보았다.

마지막 6장에서는 식민지 조선의 일본어 문단에서『국민시가』의 역할과 의의를 정리하였다. 그리고 이 책의 집필과정과『국민시가』완역 작업이 진행되는 도중에 추가로 새롭게 발굴하게 된 1943년 11월 국민시가발행소 간행의 작품집『조선시가집(朝鮮詩歌集)』이라는 자료를 실마리로 하여, 한반도 일본어 시가문학의 향후 연구과제를 제시하고자 하였다.

『국민시가』완역 시리즈 6권과 더불어 이 책을『국민시가』연구서로서 세상에 내놓고자 준비하면서, 국민시가발행소의 간행물들과 이에 종사하였던 수많은 시가문학자들에 관해서는 아직 해명되지 않은 바가 많다는 것을 절감하였다. 그런 의미에서 이 책에서는 향후 연구를 위한 참고 자료로서 도움이 될 수 있도록『국민시가』가인들과 시인들의 일본어 작품이나 글 목록, 그리고 인적 정보를 현단계에서 조사할 수 있는 범위에서 최대한 수록하여 부록으로써 제시하였다. 이들 자료가『국민시가』에 참여하였던 작가들의 1940년대 이전의 활동상과 1945년 이후 일본으로 귀국한 후의 행적을 추적하는 데에 도움이 되기를 희망한다.

현 시점에서 한반도 최후의 일본어 시가 작품집으로 보이는『조선시가집』을 연구하여 그 자료에 관한 최소한의 설명을 제시하는 것은 이 책의 간행 이후, 무엇보다 하지 않으면 안 되는 작업이다. 이렇듯 다소 채워야 할 부분도 있지만 완역 시리즈와 더불어 이 책이 일제 말 한반도에서 간행된 마지막 시가 전문 잡지 『국민시가』와 한반도의 일본어 시가문학 연구에 조금이라도 보탬이 되기를 바라며, 현학들의 많은 가르침과 편달을 기다리는 바이다.

이 책을 준비하는 과정에서 번역서의 기획부터 구성까지 좋은 상담역을 맡아 주신 정병호 교수님께 특별히 감사의 말씀을 올린다. 나아가 함께 완역 작업을 해 주신 가나즈 히데미, 김효순, 유재진 교수님, 이윤지 박사, 김보현 원생에게도 고마운 마음을 전한다.

끝으로 일본어 문학잡지 『국민시가』 번역서와 연구서 간행의 중요성을 공감하고 이 학술서와 완역 시리즈 간행을 기꺼이 맡아주신 역락 이대현 사장님, 원고의 부록과 찾아보기 등 까다로운 작업도 마다하지 않고 좋은 학술서가 될 수 있게끔 최선의 노력을 다해 주신 권분옥 편집장님께도 진심으로 감사드린다.

2015년 4월
엄 인 경

# 차례

제1장
# 한반도의 일본어 잡지와 『국민시가』

## 1. 일제강점기 한반도의 일본어 잡지와 '일본어 문학'

일본에서는 1990년대 이후 '외지(外地) 일본어 문학', 한국에서는 2000년대에 들어서 '식민지 일본어 문학' 또는 '이중언어 문학'이라는 관점에서 식민지기 '일본어 문학'에 관한 연구가 일대 붐을 일으켰다. 이를 통해 재조선일본인(이하 재조일본인) 작가와 조선인 작가 쌍방의 식민지 '일본어 문학'에 대한 연구가 정착1)되었다고 볼 수 있을 것이다. 전자는 주로 일본과 한국의 일본문학계의 연구 대상이 되었으며, 후자는 한국 문학계 분야에서 폭넓은 연구가 이루어졌다. 이로써 조선인 작가는 기존에 간헐적으로 이루어졌넌 '친일문학'이라는 관점을 뛰어넘어 조선인 작가들이 일본어 문학을 창작하게 된 배경과 논리에 대한 다양한 방면의 고찰이 이루어져 연구 영역이 대폭 확대되었다.2) 한편, 오랫동안 재조일본인들의 일본어 문학은 실질적으로 연구 대상이 되지 못하였으나 상기와 같은 연구에 의해 본격적인 연구 기반이 만들어졌으며 새로운 영역의 확장은 물론 다수의 자료 발굴도 이루어졌다.

한반도 '일본어 문학'의 경우 이와 같은 '식민지 일본어 문학' 연구의 대상과 경향을 보면, 한국 문학계에서는 이광수나 이상, 유진오, 장혁주, 김사량, 김용제, 이태준, 김소월, 김억, 주요한 등의 일본어 소설이나 시 작품에 내재된 친일성의 농도, 혹은 일제에 대한 협력이나 저항 의식에 접근하는 연구가 많았다. 그리고 일본 문학계에서는 나쓰메 소세키(夏目漱石)의 「만한 곳곳(滿韓ところどころ)」(1909년), 다카하마 교시(高濱虛子)의 「조선(朝鮮)」(1912년) 등 일본 대작가의 조선 체험을 그린 소설이나 수필을 중심으로 다루었다. 이 외에도 나카라이 도스이(半井桃水), 구니키다 돗포(國木田獨步), 다니자키 준이치로(谷崎潤一郎), 아쿠타가와 류노스케(芥川龍之介), 나카지마 아쓰시(中島敦), 유아사 가쓰에(湯淺克衛), 사타 이네코(佐多稻子) 등과 같은 조선 체험 작가들이 남긴 글이 주류였다 할 것이다.

그러나 최근에 이르러 비로소 한국과 일본의 주요 작가를 중심으로 이루어진 이러한 연구 경향에서 탈피하여, 종합잡지인 『조선(朝鮮)』(1912년 이후 『조선 및 만주(朝鮮及滿洲)』로 개제)이나 『조선공론(朝鮮公論)』의 문예란 등 재조일본인 문학이 연구 대상으로서 본격적으로 다루어지게 되었다. 특히 필자가 소속된 고려대학교 일본연구센터 '식민지(최근 과경[跨境]으로 개칭) 일본어 문학·문화 연구회'는 1908년부터 1911년에 이르는 잡지 『조선』의 문예란을 완역하여3) 소설과 시 및 평론은 물론 한시와 일본 전통시가까지 모두 번역하였다. 이후 재조일본인 문학을 이해하려는 여러 연구서들이 본격적으로 출간되었는데,4) 이들 연구는 기존의 『국민문학(國民文學)』이나 『녹기(綠旗)』(1944년에는 『흥아문화(興亞文化)』로 개제)와 같은 일본어 잡지5)는 물론, 오랫동안 잘 알려지지 않았던 다양한 형태의 일본어 잡지나 문학 작품들 한반도 일본어 문학의 연구 대상으로 주목한 것이다. 이렇게 하여 2010년 전후를 정점으로 일제강점기 식민지에서 간행된 일본어 잡지에 관한 연구도 전례 없이 활발히 이루어지면서 재조일본인들의 문학 연구가 어느 정도 궤도에 오르게 되었다. 하지만 이러한 연구들도 그 대부분이 역시 소설을 위시한 산문 연구가 중심이었다고 할 수 있다.

실제 한국의 개항과 더불어 일본인들의 한반도 거류가 시작된 이후부터 1945년 종전과 더불어 본국으로 철수하기까지 재조일본인들은 한반도에서 수많은 일본어 문헌을 간행하였다. 그 문헌 수는 현재 15,000여 건 정도를 확인할 수 있다.

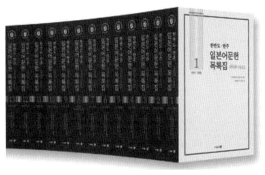

[그림 1] 『한반도·만주 일본어문헌(1868~1945) 목록집』(전13권)

이 수치는 필자가 참여했던 토대연구 『한반도·만주 일본어문헌(1868-1945) 목록집』(전13권, 도서출판 이회, 2011.2) 편찬사업을 통한 조사로 확인한 바이며, 이들 문헌은 잡지나 신문 등의 미디어, 단행본, 보고 자료집, 시리즈 등 다양한 형태를 띠고 있다. 일본어 문헌은 한반도가 일제에 강제 합병되기 이전부터 광범위하게 생산, 유통되어 일본의 패전에 이르기까지 지속적으로 한반도 각지에서 간행되었다.

이들 자료 중 재조일본인들이 일본어 문학을 주로 발표한 곳은 주로 '일본어 잡지' 공간이었다. 예를 들어, 한반도가 일본에 의해 강점되기 전인 1900년대 당시부터 『한국교통회지(韓國交通會誌)』(韓國交通會, 京城印刷社, 京城, 1902-03년, 전5호), 『한반도(韓半島)』(한반도사, 경성, 1903-06년, 전5

[그림 2] 한일강제병합 이전부터 간행된
『만한의 실업』

호), 『조선평론(朝鮮評論)』(조선평론사, 부산, 1904, 전2호), 『조선의 실업(朝鮮之實業)』(조선의 실업사, 부산, 1905-1907년, 전30호), 『만한의 실업(滿韓之實業)』(만한의 실업사, 부산/경성, 1908-1914년, 전70호)과 같은 다양한 일본어 잡지가 경성과 부산 등 일본인 거류지를 중심으로 간행되었다.

한반도가 일본의 식민지가 된 1910년대에 접어들면서는 일제 말기까지 속간되는 『조선 및 만주(朝鮮及滿州)』(조선잡지사/조선 및 만주사, 경성, 1912-1941년)와 『조선공론(朝鮮公論)』(조선공론사, 경성, 1913-1944년)과 같은 메이저 종합잡지를 비롯하여 1920년대부터 1930년대에 걸쳐 총독부의 『조선(朝鮮)』, 교육계의 『문교의 조선(文教の朝鮮)』(조선교육회, 경성, 1925-1945년), 행정 쪽의 『조선(지방)행정(朝鮮(地方)行政)』(제국지방행정학회 조선본부, 경성, 1922-1945년), 경찰 조직의 『경무휘보(警務彙報)』(조선총독부 경무총감부, 경성, 1912-1944년), 금융계의 『금융조합(金融組合)』(조선금융조합연합회, 경성, 1919-1941년) 등 사회의 각 통치 분야의 주요한 일본어 잡지들6)이 오랜 기간 간행되었으며, 이들 잡지에는 '문예란'이 설치되어 있거나 문학 작품들을 거의 예외 없이 싣고 있었다.

이처럼 1900년대 초부터 일제 말기에 이르기까지 한반도에서 간행된 수많은 일본어 잡지에는 '내지' 일본의 잡지 체제를 다분히 의식하면서 '문예(文芸)'나 '문원(文苑)', '잡기(雜記)'난을 설치하거나 '소설', '시', '단카(短歌)', '하이쿠(俳句)' 난을 마련하기도 하였다. 그리고 여기에는 반드시 일본의 전통시가를 게재하였으며, 이러한 명명의 난이 설치되지 않은 경우에도 단카나 하이쿠는 일본어 잡지의 문예성을 담보하는 코너로서 존속되며 매체 자체와 명맥을 함께 했다.

　일본어 매체 내의 이러한 문예물을 다룬 난은 물론이고 문학을 중심으로 하는 전문 잡지들도 한반도에서 다수 간행되었다. 그런데 앞에서 말한 『국민문학』이나 『녹기』는 말할 나위도 없지만, 단카와 하이쿠, 센류(川柳)와 같은 일본 전통시가 장르와 시 장르도 한반도 각지에서 다양한 전문 잡지를 간행했다는 사실은 그리 널리 알려지지 않았다.

　바로 이와 같은 영역들이 한반도 '일본어 문학' 연구에서 새롭게 규명되어야 할 한 자료군(群)이며, 이 책에서 다루는 일본어 잡지 『국민시가(國民詩歌)』가 일제 말기에 탄생하게 되는 맥락을 이해하는 한반도 '일본어 문학'의 한 축이 되는 셈이다.

## 2. 일본어 잡지의 '문예란'과 문학 전문 잡지의 실례

　다시 말하자면 한반도 '일본어 문학' 연구에서 한반도 간행 일본어 신문과 잡지가 최근 연구 대상으로 주목을 받는 이유는, 식민지 사회의 다양하고 종합적인 면모를 입체적으로 볼 수 있다는 정보력은 물론, 식민지 '일본어 문학' 연구의 공백이나 미지의 부분을 메워줄 '문예란' ― 혹은 문예적 성격의 코너 ― 의 존재 때문이다.

　재조일본인들은 거류지를 중심으로 각종 식민지 경영에 종사하면서 커뮤니티를 만들어 신문, 잡지와 같은 일본어 매체를 발행하며 정보를 공유했다. 한반도에서 일본인의 신문 활동은 1881년 부산에서 간행된 『조선신보(朝鮮新報)』부터 1945년 10월 31일 『경성일보(京城日報)』에서 손을 빼기까지의 긴 역사를 보여 준다. 조선의 일본어 신문은 현지, 즉 조선인 독자를 의식하여 만들어졌고 식민지라는 이국 땅에 재주하게 된 사람들을 대상으로 하였으며, 현지의 공동체에 밀착해 있었다.[7] 이러한 잡지 매체에는 실용적 기사와 정보, 논설뿐 아니라 재조일본인들에 의한 창작 문학작품도 실렸다. 일본어 잡지의 창작 문학작품은 단편소설, 평론, 수필, 자유시도 있었지만, 역시 단카나 하이쿠와 같은 일본 전통 시가 난이 지속적으로 마련된 경우가 대부분이었다.

이러한 문예란의 구성과 관련하여 일제강점기를 전체적으로 훑어보면서 아래와 같이 몇 가지 예를 들어 보기로 한다.

[예시 1] 1910년대 한반도에서 간행된 일본어 잡지와 「문예란」

| 『朝鮮』(三十七號) 1911年3月 | 『조선』 37호 1911년 3월 |
|---|---|
| ***文藝*** | ***문예*** |
| 一, 小說 吉田さん 東京長谷川さつき | 一, 소설 요시다 씨 도쿄 하세가와 사쓰키 |
| 一, 散文詩 東京横田黃濤 譯 | 一, 산문시 도쿄 요코타 오토 역 |
| 一, 高臺の家より 東京 齋藤葉村 | 一, 다카다이의 집에서 도쿄 사이토 요손 |
| 一, 短歌 | 一, 단카 |
| 一, 漢詩 | 一, 한시 |
| 一, 俳句 | 一, 하이쿠 |
| ***朝鮮問答*** | ***조선 문답*** |

[예시 2] 1920년대 한반도에서 간행된 일본어 시 잡지 목차

| 『耕人』(第四卷 第九號) | 『경인』(제4권 제9호) |
|---|---|
| 1925年12月 | 1925년 12월 |
| 秋の朝(表紙畵) / 西村常雄 | 가을 아침(표지그림) / 西村常雄 |
| 最後の言葉 / 內野健兒 | 마지막 말 / 內野健兒 |
| 耕人回想 / 金箱慶三 | 경인 회상 / 金箱慶三 |
| ▌詩 | ▌시 |
| 疲れた心情 / 島田芳文 | 지친 심정 / 島田芳文 |
| 秋 / 內野健兒 | 가을 / 內野健兒 |
| 入寂 / 高橋新吉 | 입적 / 高橋新吉 |
| 別離と冬の薄暮とこの前望 / 公門曠美 | 이별과 겨울의 어스름 저녁과 이 전망 / 公門曠美 |
| 梅に酔ふ / 清水房之丞 | 매화에 취하다 / 清水房之丞 |
| 雨に濡れながら / 佐川信一 | 비에 젖으며 / 佐川信一 |
| 現身斷章 / 阿野赤島 | 현신 단장 / 阿野赤島 |
| 憂鬱なる寓話 / 內野壯兒 | 우울한 우화 / 內野壯兒 |
| 生活斷片 / 佐藤綠塔 | 생활 단편 / 佐藤綠塔 |
| 壁にきく / 北島春柳 | 벽에 묻다 / 北島春柳 |
| 五月雨 / 山本秀雄 | 장마비 / 山本秀雄 |
| 秋光うらゝか / 江口捨次郎 | 가을빛 화창하게 / 江口捨次郎 |
| じやむのやうに / 上田忠男 | 잼처럼 / 上田忠男 |
| ▌雜筆 | ▌잡필 |
| 耕人詩同人漫畫 / 覆面詩人 | 경인 시동인 만화 / 覆面詩人 |
| 「耕人」改題に際して / 後藤大治 | 「경인」개제에 즈음하여 / 後藤大治 |
| 九段の谷間から / 黃瀛 | 구단의 계곡에서 / 黃瀛 |
| 怪しい感想 / 櫻井光男 | 수상한 감상 / 櫻井光男 |
| 耕人について寸言 / 草野心平 | 경인에 관한여 한 마디 / 草野心平 |
| 思慕に生きる耕人 / 青木茂若 | 사모에 사는 경인 / 青木茂若 |
| 秋晴れの日 / 財部三千代 | 맑은 가을 날 / 財部三千代 |

[예시 3] 1920년대 한반도에서 간행된 일본어 단카 잡지 목차

| 『眞人』（第五卷第二號） | 『진인』（제5권 제2호） |
|---|---|
| 1928年2月 | 1928년 2월 |
| 題字 ………………………… 尾上紫舟 | 표제 글자 ………………… 尾上紫舟 |
| 表紙畵 …………………… 淺川伯教 | 표지 그림 ………………… 淺川伯教 |
| ▌短歌（其の一） | ▌단카（1） |
| 細井魚袋　植松壽樹　桐田蔄村 | 細井魚袋　植松壽樹　桐田蔄村 |
| 高攄背山　葛木 梓　江口 貢 | 高攄背山　葛木 梓　江口 貢 |
| 鈴木ひさ子　下御領義盛　近江惠子 | 鈴木ひさ子　下御領義盛　近江惠子 |
| 中谷照尾 | 中谷照尾 |
| 日誌より ………………… 道久 良 | 일지에서 ………………… 道久 良 |
| ▌短歌（其の二） | ▌단카（2） |
| 相川不盡夫　藤川陶人　井村一夫 | 相川不盡夫　藤川陶人　井村一夫 |
| 柳井みさを　本多紫陽　福島 勉 | 柳井みさを　本多紫陽　福島 勉 |
| 松井哲三　中園興一郎　大高銓吉 | 松井哲三　中園興一郎　大高銓吉 |
| 秋山とみ子　竹治溪泉　關千代子 | 秋山とみ子　竹治溪泉　關千代子 |
| 內ノ村秀子　守山 昇　土肥善一 | 內ノ村秀子　守山 昇　土肥善一 |
| 甲藤志郎　橋本きよし　小室千鶴子 | 甲藤志郎　橋本きよし　小室千鶴子 |
| 小川安良多　日高政雄　下田 繁 | 小川安良多　日高政雄　下田 繁 |
| 松岡砂邱　明 東 純　森谷白葉 | 松岡砂邱　明 東 純　森谷白葉 |
| 草世木輝子 | 草世木輝子 |
| ▌歌集「光化門」を讀む ……… 市山盛雄 | ▌가집 「광화문」을 읽다 …… 市山盛雄 |
| ▌靑木集及び合掌を讀みて … 道久 良 | ▌청목집 및 합장을 읽고 …… 道久 良 |
| ▌短歌（其の三） | ▌단카（3） |
| 石井龍史　寺田光春　相川希望 | 石井龍史　寺田光春　相川希望 |
| 立仙ゆき子　安本漢演　岩本宗二郎 | 立仙ゆき子　安本漢演　岩本宗二郎 |
| 道久 良　市山盛雄 | 道久 良　市山盛雄 |
| 新年歌會の記 | 신년 단카 모임의 기록 |
| 新刊紹介 | 신간소개 |
| 編輯後記 ………………… 市山盛雄 | 편집후기 ………………… 市山盛雄 |

[예시 4] 1930년대 한반도에서 간행된 일본어 잡지와 「문예란」

| 『朝鮮地方行政』(第十八卷 一月號) 1939년 1월호 | 『조선지방행정』(제18권 1월호) 1939년 1월호 |
|---|---|
| 立志短篇 宗洙の上京 / 宋道永[慶南陜川郡廳] | 입지단편 종수의 상경 / 송도영[경남협천군청] |
| 短篇・隨筆・感想(編輯局 選) | 단편・수필・감상(편집국 선) |
| 漢詩(漉魚山人 先生) | 한시(녹어산인 선생) |
| 詩壇(選者 林耕一 先生) | 시단(선자 하야시 고이치 선생) |
| 短歌(選者 角田不案 先生) | 단카(선자 가쿠다 후안 선생) |
| 俳句(選者 工藤擔雪 先生) | 하이쿠(선자 구도 단세쓰 선생) |
| 川柳(選者 向田寶六 先生) | 센류(선자 무코다 호로쿠 선생) |
| 川柳漫畫 | 센류 만화 |

[예시 1]과 [예시 4]는 각각 1911년의 종합 잡지 『조선』과 1939년 총독부 산하의 주요 잡지 중 하나였던 『조선지방행정』의 문예란 관련 부분의 목차를 제시한 것이다. 한반도에서 간행된 메이저급 일본어 잡지들에는 이처럼 문예란이 마련되어 있었고, 단편소설이나 수필, 시도 있었으나 한시, 단카, 하이쿠, 센류와 같은 일본 전통시가가 큰 비중을 차지하고 있었던 사실을 알 수 있다. 그리고 [예시 2]와 [예시 3]은 각각 『경인』과 『진인』이라는 1920년대의 한반도의 대표적인 시 잡지와 단카 잡지의 한 호의 목차를 예로 제시한 것이다. 1920년대부터 1930년대에 걸쳐 시와 단카를 전문으로 하는 문학 잡지가 간행되어 각 장르 ─사실 1920년대에는 하이쿠, 센류도 장르 전문의 잡지들을 많이 간행했다─ 의 작품이 대규모로 창작되는 기반이 갖추어져 있었다는 것을 보여준다. 즉 한반도에서 간행된 일본어 잡지 매체를 보면, 그 수량

으로는 문예란 내의 장르 영역으로든 전통 시가문학에 그 중점이 놓여 있었다고 하겠다.

이를 부연하자면, 한반도에서 20세기 초두부터 간행된 일본어 잡지의 문예란은 건전한 오락기관을 자임하면서 재조일본인 사회에 취미와 위안을 제공한다는 취지에서 마련되기 시작했다. 즉 일본인 사회가 형성되면서 갖추어지던 공원, 극장, 도서관 등의 예술 및 문화와 관련된 제시설들과 마찬가지로 재조일본인들의 타락이나 악폐를 구제하는 공리주의적인 역할을 담당[8]했던 것이다. 그리고 더 나아가서는 식민지화가 진행되고 있는 한반도에서 조선인 사회와 다른 새로운 일본에 의한 조선 사회를 구축하고 그에 부합하는 일본인 커뮤니티의 우월적인 문화적 공동체를 구축하고자 한 의도[9] 역시 잘 드러난다.

1920년대 이후가 되면 이러한 일본 전통시가나 근대시를 중심으로 단행본 작품집 또는 하이쿠나 단카, 센류 등 장르별 전문 잡지가 다량으로 간행되었고,[10] 일본 패전에 이르기까지 식민지기를 일관하여 재조일본인은 물론 조선인[11]들도 참여하여 가장 폭넓게 그리고 단절 없이 창작된 장르로 유지된다. 필자가 현재까지 조사한 바로 1920년대부터 일제 말기까지 문학 전문서적으로 간행된 문헌 중에는 이와 같은 일본 전통시가 전문 잡지와 작품집이 압도적으로 많았다. 단카 전문 잡지로는 『버드나무(ポトナム)』, 『진인(眞人)』, 『히사기(久木)』, 『시라기누(新羅野)』, 『가림(歌林)』, 『아침(朝)』, 『국민시가』 이상의 일곱 종의 잡지 현존본이 확인된다. 하이쿠와 센류의 경우 현존본은 각각 『풀열매(草の實)』, 『산포도(山葡萄)』, 『장승(張生)』, 『미즈키누타(水砧)』의 4종, 『계림센류(ケイリン川柳)』, 『메야나기(芽やなぎ)』, 『센류쓰즈미(川柳鼓)』, 『센류기누타(川柳砧)』, 『센류삼매(川柳三昧)』의 5종이 남아 있지만, 당시 문헌의 기사들을 통해 십수

[그림 3] 1922년 2월 간행된 시 잡지 『경인』 제2호

[그림 4] 1931년 6월 간행된 시 잡지 『낙타』 의 창간호

종의 잡지가 한반도 전역에서 간행되었던 것을 알 수 있다. 이 중 특히 단카 전문 잡지에 관해서는 다음 장에서 상세히 다루기로 한다.

또한 일본 전통시가뿐만 아니라 1920년대부터 『경인(耕人)』(경인사, 경성, 1922-1925년)이나 『아카시아(アカシヤ)』(아카시아사, 경성, 1923-?년), 『낙타(駱駝)』(낙타사, 경성, 1931-1933년?)와 같은 일본어 시 전문 잡지도 존재했던 것이 확인된다. 특히 1930년대 전반기의 『낙타』와 같은 시 잡지의 주요 시인들은 『국민시가』에서도 그 이름이 확인되는데, 아직 이러한 일본어 시 잡지나 일본어 시단의 전모 역시 밝혀진 바 없어 연구의 여지가 남아 있다고 할 수 있다.

어쨌든 일제강점기 일본어 문학 중 단카나 하이쿠, 센류와 같은 일본 전통시가 장르가 일본어로 창작된 문학 작품 중에서도 타 장르와는 비교할 수 없을 정도의 수적 우위를 점하며 20세기 전반 한반도의 '일본어 문학'에서 가장 큰 족적을 남긴 것은 부인할 수 없다. 또한 1920년대에서 1930년대에 걸쳐 이러한 일본 전통시가 장르, 특히 단카 종사자들은 조선의 전통시가나 문예, 민예, 풍토에도 큰 관심을 가지며 조선만이 가진 독특한 조선색(朝鮮色, 로컬 컬러)을 작품에 형상화하고자 노력하였다. 1930년대까지는 위에서 거론한 단카 전문잡지나 작품집들이 그러한 노력과 성과를 게재 수록하는 주무대가 되었다.


## 3. 시가 잡지 『국민시가』 창간의 경과

중일전쟁 이후 1930년대 말부터 1940년대 전반기에 걸쳐 한반도에서 이루어진 '일본어 문학'은 암흑기로 일컬어지며 오랫동안 외면되다가, 그 실질에 대한 규명이 1966년 임종국의 『친일문학론』에서 시작되었고 비로소 2000년대에 들어 활발히 연구가 진행되었다. 특히 식민지 말기에 한반도 문학 활동의 중심축이자 조선문인보국회(朝鮮文人報國會)의 전신이었던, 1939년 가을 결성된 조선문인협회(朝鮮文人協會)는 이건제, 박광현 등에 의해 본격적으로 연구되었다.[12] 이 논고들은 조선문인협회가 성립하게 되는 과정을 조선인 작가들의 행보를 통해 면밀히 추적하고 재조일본인 문학자들과의 교섭을 조명하여 1930년대 후반 한반도의 조선인 작가 문단의 동향을 밝힌 것이다. 하지만, 이 책에서 다루는 『국민시가』가 기반하고 있는 일본 전통 시가 장르에 대한 인식에 있어서는 임종국의 『친일문학론』 내용을 따르는 데에 그치고 있다.

그러나 『경성일보(京城日報)』에 따르면 1943년 4월 13일 결성된 조선문인보국회가 조선문인협회, 조선하이쿠작가협회(朝鮮俳句作家協會), 조선센류협회(朝鮮川柳協會), 국민시가연맹(國民詩歌聯盟), 조선가인협회(朝鮮歌人協會)[13]라는 기존의 다섯 단체[14]의 발전적 해산에 의해 발족되었다는 것은 인지하면서도, 조선문인협회 외의 네 단체에 관해서는 한일 양국 문학계에서 뚜렷이 다룬 바 없는 것이 현황이다. 임종국은 『친일문학론』

에서 1930년대 후반부터 1945년까지의 정기간행물을 망라하여『국민시가』를 설명하고 있기는 하지만, 창간호만 언급하고 있으며 국민시(國民詩)의 모체로 일본인 위주의 간행물이라고 간단히 서술한 것에 그친다.

환언하면 조선문인보국회 탄생에 관여한 다섯 단체 중 네 개 단체는 단카, 하이쿠, 센류 즉 일본 전통시가 관련 문학단체에 해당되는데, 조선문인협회 외에 일본인이 주도한 문학단체는 지금껏 관심의 대상이 되지 못했다. 이것은 당시의 자료가 대부분 남아 있지 않은 이유도 있지만,『국민문학』과『녹기』중의 소설 장르 중심으로 이루어진 이 시기의 연구 경향과, 한반도에서 창작된 일본 전통시가 장르에 대한 몰이해 등에 기인하는 바가 크다.

이 시기의 연구를 대표하는 윤대석도 '당시 조선에서 이루어진 조선인의 문학 활동은, 같은 지역에서 동시대에 이루어진 일본인의 문학활동에 대한 검토 없이는 파악될 수 없다'고 지적하고 '조선문인협회가 창립되기 전까지 식민지 조선에서 일본인의 문학 활동은 상당히 미미했다'거나 '1939년까지는 조선에 거주하는 일본인에게는 독자적인 문단이 존재하지 않았을 뿐만 아니라 근대적인 의미에서의 문학활동 자체가 존재하지 않았다'고 설명하며 '조선에서의 문학 화동과 일본에서의 문학활동은 완전히 분리되어 있었다'[15]고 결론짓고 있다. 이는 한반도에서 20세기 이후 전개된 일본 전통시가 문단의 활동상을 시야에 넣지 않았기 때문일 것이다.

1941년 한반도에서 간행되던 문예잡지들은 모두 폐간되고, 장르 내의 통폐합이 이루어졌다. 전쟁이 격화됨에 따라 용지를 비롯한 기본 물자 부족 현상은 잡지 발행 자체의 근간을 위협하였고, 유파 간 경합이나 갈등은 있었지만 장르마다 대표 잡지 한 종씩만 당국의 허가 하에 간행

되기에 이른다. 이러한 조치는 전쟁이라는 국책수행에 조응하여 국민정
신의 함양이라는 국민문학 본래의 목적에 맞게 당시 한반도 내 문단을
용이하게 조직하기 위함이었다. 1941년 7월 조선하이쿠작가협회가 하이
쿠 장르 내에 유파별 대통합을 이루고 가장 먼저 기관지 『미즈키누타(水
砧)』를 간행하였다. 그리고 단카(短歌)와 시 장르가 '시가(詩歌)'로 묶여 국
민시가연맹으로 새로 조직되었고 9월16) 『국민시가』가 창간되기에 이른
다. 이러한 장르마다 각 유파나 문학결사의 통폐합 과정은 '내지' 일본
보다 조선이 훨씬 빠르며 선도적 역할을 했음을 『국민시가』의 기사들을
통해 확인할 수 있다.

　이러한 연구 현황에서 다섯 단체 중 기관지 『국민시가』를 간행하며
시와 단카(短歌) 영역을 망라하였던 국민시가연맹에 대해 파악하는 것은
1940년대 한반도의 일본어 시가문학을 이해하는 데에 필수적이라 할
것이다. 이 시기 한반도에 횡행한 '국민문학'의 성격을 논할 때에는 최
재서가 주간한 잡지 『국민문학』을 중심으로 연구가 이루어지는 것이 기
본이었지만, 『국민시가』는 문예잡지 통폐합 이후 시와 단카라는 장르
통합 과정을 거치면서도 일찍 창간되었다. 따라서 1940년대 한반도에서
전개된 '국민문학'의 논리를 이해하는 데에도 『국민문학』에 선행하는
『국민시가』의 분석은 필수적이라 할 수 있다.


## 4. 식민지 일본어 시가문학과 선행연구

　전술했듯 『국민시가』는 기존의 가단(歌壇)과 시단(詩壇)의 흐름을 통합
하여 계승한 잡지이다. 일제강점기에 한반도에서 가장 폭넓고 단절 없

이 창작되었던 일본 전통시가 장르에 관한 연구는 아직 한일 양국 문학
계에서 전면적으로 다루지 않았다. 센류나 도도이쓰(都々逸)[17]와 같은 대
중적이고 '속(俗)'의 계열에 속하는 시가 장르도 존재했지만, 이 시기 한
반도에서 일본 전통시가 장르를 주도한 것은 하이쿠 분야와 단카 분야
로 대별할 수 있다.

우선 식민지기 한반도 하이쿠 관련 연구는 유옥희[18]와 나카네 다카유
키(中根隆行)[19]의 연구를 들 수 있다. 전자는 수많은 전통시가 작품집 중
『조선하이쿠일만집(朝鮮俳句一万集)』이라는 특정 작품집에 착목한 것이고,
후자는 '목포 카리타고사(木浦かりたご社)' 소속 조선인 하이쿠 작가였던
박노식(1897-1933년)을 분석하여 '철두철미하게 일본과 조선에 걸친 호
토토기스계 하이쿠 문단의 커뮤니티 네트워크 속에서 탄생한 조선인 하
이쿠 시인'이었다는 점을 밝히고 있지만, 이 역시 특정 작가 연구에 그
치고 있다.

또한 단카 관련 연구는 구인모,[20] 김보현[21]의 연구가 있는데, 각각
작품집 『조선풍토가집(朝鮮風土歌集)』(1935년)과 『현대조선단카집(現代朝鮮短
歌集)』(1938년)의 일부만을 다루고 있어 한정된 매체에 관한 연구라는 한
계를 갖는다.

한편 구스이 기요후미(楠井淸文)는 당시 재조일본인의 이주와 문학결
사를 전통시가 장르를 중심으로 '로컬 컬러'[22]라는 관점에서 논하고
있는데, 역시 특정 시기 일부의 시가만을 문제시하고 있다. 또한 허
석[23]의 경우는 전통시가 장르 중심의 문학결사를 폭넓게 조사를 하였
으나, 주로 1900년대 초만을 조사하고 있을 뿐만 아니라 누락된 매체
도 적지 않다.

이러한 몇몇 연구가 보이는 가운데 식민지 말기인 1940년대의 국책

문학의 통제 속에서 이루어진 국민문학으로서의 일본 전통시가 연구는 부재나 다름없었다. 특히 식민지 '일본어 문학' 중에서도 1940년대에 관한 연구가 한·일 양국에서 모두 가장 적극적으로 이루어졌음24)에도 불구하고, 종전에 이르기까지 지속적으로 창작된 일본 전통시가를 통해 당시 한반도의 국책문학적 성격을 파악하고자 하는 시도는 없었다는 이야기이다.

그리고 최근 최현식25)에 의해 비로소 『국민시가』의 존재와 위상이 논해졌는데, 그의 논고는 '국민문학론'의 입장에서 이 잡지의 이데올로기와 구성에 중점을 둔 것으로 의의가 크나, 이 잡지의 구성 내용인 본 단카나 시 작품을 본격적으로 분석하지는 못하였다. 『국민시가』는 시단과 가단의 통합을 바탕으로 한 것이지만 단카계의 대표자에게 계속 편집권한이 부여되었고 시인보다는 가인이 많은 수적인 우세 속에 간행되었다. 그 요인이라면 시보다는 단카가 8세기에 성립된 일본의 가장 오래된 문학서인 『만요슈(万葉集)』를 모태로 한다는 역사적 전통과 자부에 근거하여, 일본의 '국민문학'에 보다 적합한 장르로서의 요건을 당당히 갖추고 있어서일 것이다.

이러한 선행연구의 현황 속에서 필자는 지금까지 시도되지 못한 한반도 식민지 '일본어 문학' 중 가장 광범위하고 지속적으로 간행되었던 장르인 일본전통시가 장르의 실체에 접근하고자 조사연구26)를 행해 왔다. 그래서 1920년대부터 1940년대까지 한반도에서 간행된 단카, 하이쿠 전문 '일본어 문학' 잡지와 단행 작품집을 망라하여, 이들 가집과 구집 등은 시기별로 어떤 종류가 있는지, 나아가 이들 일본 전통시가 관련문헌의 간행목적은 무엇이며, 어떤 내용을 포괄하고 있는지 이 장르의 개략적 전모를 파악할 수 있었다.27)

한편 국민시가의 또 한 축은 시 장르인데, 일본어 연구에 관해 개괄하자면 앞서 언급한 주요 시인들의 연구가 대부분이고 일제 말기의 친일시나 국책시의 계보를 정리하고자 하는 시도[28]가 있었다. 그러나 『국민시가』라는 매체와 그 작품들은 수면 위로 부상한 적이 없었다. 임종국의 저술 『친일문학론』에서 『국민시가』가 언급된 이후로도 오랫동안 잡지의 실체가 드러나지 않아 그 중요성에 비해 매우 늦게 현존본이 파악된 것이다. 『국민시가』를 일부 다룬 논고도 있으나[29] 『국민문학』, 『국민시인(國民詩人)』이라는 잡지와의 연속성에서 1940년대 전반 국민시 개념을 추적한 것이 골자였지 『국민시가』의 시 작품은 논해지지 못했다.

다시 말해 일본어 시 연구에서도 한반도에 재조일본인 시인들에 의한 시 전문 잡지가 여러 종류 존재했고, 나름의 한반도 일본어 시단이라는 문단을 형성한다는 의식을 가지고 있었던 사람들이 1941년 『국민시가』의 시인들로 수렴되는 과정이나 연결고리, 그리고 구체적 시 작품의 연구는 이루어지지 못했던 것이다.

본 연구서는 이러한 연구 현황에 근거하여 한반도 '일본어 문학' 중 일본 전통시가 장르의 연구 선상에서 『국민시가』라는 일제 말기의 시가 전문 잡지가 창간된 맥락과 중요성을 인지하였고, 현존하는 『국민시가』 여섯 호[30]를 연구회 멤버들과 함께 완역하여 본서와 함께 출간하기에 이른 것이다. 아울러 이 책에서 인용하는 『국민시가』의 내용은 완역 시리즈의 번역 내용을 따르고 있다는 것도 밝혀두는 바이다.

## 5. 이 책의 구성

『국민시가』를 이루는 가장 주된 세 영역은 평론과 단카 작품, 시 작품이라 할 수 있다. 본서에서는 『국민시가』가 탄생하기까지의 경위와 이 세 영역의 내용 분석을 통하여 일제 말기 한반도에서 이루어진 일본어 시가문학의 총체라 할 수 있는 『국민시가』의 실체를 규명하는 것을 골자로 한다.

우선 다음 장에서는 현존하는 한반도 간행 단카 작품집과 단카 전문 잡지를 짚어보고 『국민시가』 이전의 한반도 가단(歌壇)의 역사를 파악할 것이다. 이를 통해 한반도의 시단과 가단이 일제 말기의 외압 상황에서 단카계의 주도로 국민시가연맹을 조직하고 『국민시가』를 일찌감치 창간하게 된 배경을 파악할 수 있을 것이기 때문이다.

그 다음 『국민시가』의 평론과 회보 등을 통해, 한반도에서 영위된 일본어문학 중 이론과 실제 창작에서 있어 타 장르를 압도했던 일본 전통 가단(歌壇)과 시단(詩壇)이 1940년대에 어떠한 활동을 보였는지 그 실상을 밝히고자 한다. 이를 위해 우선, 국민시가연맹 조직 이전과 이후를 검증하여 1930년대까지의 한반도 시가단과 식민지 말기 조선문인보국회의 연결체로서 국민시가연맹의 실상을 파악할 것이다. 더불어 『국민시가』가 간행된 목적을 짚어보고 시와 단카 장르가 통합된 경위를 살펴보고자 한다. 그리고 국민시가연맹의 기관지 『국민시가』의 평론과 주장을 통해 동시대에 주장된 '국민문학'의 실체와 한반도의 일본어문학 현황이 어떠했는지, 나아가 '국민시가' 내의 논리적 특성과 모순이 있다면 어떠한 것인지 그 내실에 접근할 것이다.

다음으로 『국민시가』 현존본에 게재된 단카 작품을 실제 분석한다. 우선 『국민시가』의 전체적 구성에서 단카가 어떠한 면에서 우위를 차지하여 『국민시가』를 주도하고 있는지 확인하고자 함이다. 태평양 전쟁에 돌입하여 전쟁과 대동아공영권을 적극 옹호 및 주장하거나, 황민으로서 총후의 생활을 어떻게 그려내는지를 분석하여 황민문학으로서 이 시대 국책 단카가 드러내는 면모를 포착할 수 있을 것이다. 그리고 특히 『국민시가』의 단카들 속에서 강조되는 조선적인 소재와 백제가 과연 어떠한 의미로 노래에 원용되는지 살펴보기로 한다. 이를 통해 조선 가단(歌壇) 수십 년 행보의 마지막을 장식한 실작 단카와 가인(歌人)들이 태평양 전쟁과 당시의 재조일본인의 삶, 조선의 특징 등을 어떻게 그려내고 있는지 도출할 수 있을 것으로 생각한다.

그 다음 『국민시가』 현존본에 수록된 시 작품을 분석하고자 한다. 단카 쪽에 비해 조선인 작가들의 작품이 현저하게 눈에 띄는 점을 통해 1940년대 초 일본인과 조선인들의 공모에 의한 한반도 일본어 시단의 전개를 살펴볼 필요가 있다. 아울러 압도적 다수인 『국민시가』의 국책시를 유형별로 분류하여 각 유형의 특징을 도출해 보기로 한다. 또한 후반부에 비교적 적극적으로 개진되는 시론과, 시 작품들 속에서 간혹 마주하게 되는 비(非)국책적 시의 상관관계가 존재하는지, 혹은 그 위상을 논할 수 있는지 타진해 보고자 한다.

끝으로 1940년대 전반기 한반도의 일본어 시가문학에서 가장 중요한 위상을 갖는 『국민시가』와 국민시가발행소의 역할 및 의의가 어떠했는지 정리할 것이다. 그리고 현재 시점에서 국민시가발행소의 최후 간행물로 확인되는 『조선시가집(朝鮮詩歌集)』(1943년 11월)이라는 작품집을 통해 일제 말기 『국민시가』의 마지막 형상과 행로가 어떠했는지 살펴보기로 한다.

그리고 이 분야 연구 영역 확장의 발판을 제공하기 위해 이 책의 부록에서는『국민시가』에 작품을 게재한 가인들과 시인들의 작품 및 주요 활동을 확인이 가능한 범위에서 제시할 것이다. 이를 통해『국민시가』에 종사한 가인들과 시인들의 통시적, 공시적 활동상이 구체적으로 드러날 것이므로 참고가 될 것이기 때문이다. 이를 통해 일제 말기 한반도의 유일한 시가 잡지였던『국민시가』가 외부적 힘에 의해 돌연 등장하게 된 친일 혹은 국책 작품의 게재 수단에 불과했는지, 수십 년간의 한반도 일본어 문단의 굴곡과 모순을 내포한 사연 많은 변용체였는지 그 전후 맥락을 구체적으로 파악할 수 있을 것이다.

이 책의 이러한 시도가 한반도에서 일본어로 개진된 국민문학론이 소설을 비롯한 산문 중심 연구에 편향되어 있는 불균형을 타개하고, 1940년대 문학의 한 축인 시가문학을 해명하여 한반도 '일본어 문학' 전체상을 조망하는 데에 내용상 일조가 되기를 기대하는 바이다.

# ▌제1장 주석

1) 정병호, 「한반도 식민지 <일본어 문학>의 연구와 과제」, 『일본학보』 제85집, 한국일본
   학회, 2010, pp.109-124.

2) 2000년대 이후 조선인 작가의 '이중언어 문학'연구는 정백수, 『(한국 근대의)植民地 體驗
   과 二重言語 文學』(아세아문화사, 2002); 류보선, 「친일문학의 역사철학적 맥락」(『한국근
   대문학연구』 제4집, 한국근대문학회, 2003); 윤대석, 『식민지 국민문학론』(역락, 2006),
   『식민지 문학을 읽다』(소명, 2012); 김철, 「두 개의 거울 : 민족 담론의 자화상 그리기 :
   장혁주와 김사량을 중심으로」(『상허학보』 제17호, 상허학회, 2006); 권보드래, 「1910년
   대의 이중어 상황과 문학 언어」(『한국어문학연구』 제54집, 한국어문학연구학회, 2010)
   등 한국 현대문학 연구의 중심대상으로 자리매김되었다.

3) 식민지 일본어 문학·문화 연구회, 『완역 일본어잡지 『조선』 문예란』(전4권), 문/J&C,
   2010-2014.

4) 관련 주요 연구서로 식민지 일본어문학·문화연구회 편 『제국일본의 이동과 동아시아
   식민지문학』(전2권, 문, 2011), 윤대석의 『식민지 문학을 읽다』(소명, 2012), 정병호·천
   광밍 공편 『동아시아 문학의 실상과 허상』(보고사, 2013), 박광현 『『현해탄』 트라우마 :
   식민주의의 산물, 그 언어와 문학』(어문학사, 2013), 박광현·신승모 편저 『월경(越境)의
   기록 : 재조(在朝)일본인의 언어·문화·기억과 아이덴티티의 분화』(어문학사, 2013), 엄
   인경·김효순 편저 『재조일본인과 식민지 조선의 문화1』(역락, 2014), 정병호 편서 『동
   아시아의 일본어잡지 유통과 식민지문학』(역락, 2014) 등이 있다.

5) 대표적으로 채호석의 「1930년대 후반 문학의 지형 연구 : 『인문평론』의 폐간과 『국민문
   학』의 창간을 중심으로」(『외국문학연구』 제29집, 외국문학연구소, 2008), 정선태의 「일
   제 말기 '국민문학'과 새로운 '국민'의 상상 : 조선문인협회 현상소설 입선작 <연락선>
   과 <형제>를 중심으로」(『한국현대문학연구』 제29집, 한국현대문학회, 2009)과 채호석
   의 「1940년대 일본어 소설 연구 : 「綠旗」를 중심으로」(『외국문학연구』 제37집, 외국문학
   연구소, 2010) 등을 들 수 있다.

6) 이 외에도 1930년 당시 경성에서 『경성잡필(京城雜筆)』, 『조선철도협회회지(朝鮮鐵道協會
   會誌)』, 『조선토목건축협회회보(朝鮮土木建築協會會報)』, 『철도지우(鐵道之友)』, 『조선소방
   (朝鮮消防)』, 군산과 함흥에서도 각 1종씩 일본어 잡지가 간행되었다고 한다. 이계형·

전병무 편저 『숫자로 본 식민지 조선』, 역사공간, 2014, pp.462-463.

7) 李相哲, 『朝鮮における日本人経営新聞の歴史』, 角川學芸出版, 2009, pp.5-6.

8) 정병호, 「근대초기 한국 내 일본어 문학의 형성과 문예란의 제국주의-『朝鮮』(1908-1 1)·『朝鮮(滿韓)之實業』(1905-14)의 문예란과 그 역할을 중심으로」, 『외국학연구』 제14집, 중앙대학교 외국학연구소, 2010, pp.387-412.

9) 엄인경, 앞의 논문(「20세기초 재조일본인의 문학결사와 일본전통 운문작품 연구-일본 어 잡지 『조선지실업(朝鮮之實業)』(1905-1907)의 <문원(文苑)>을 중심으로」)

10) 정병호·엄인경 공편, 『한반도·중국 만주지역 간행 일본 전통시가 자료집(전45권)』 (도서출판 이회, 2013)에는 당시 한반도에서 간행된 작품집과 잡지 39종이 수록되어 있다.

11) 조선인들의 일본전통시가가 보이는 최초의 예는 「조선총화(朝鮮叢話)」 및 「조선의 가 요(朝鮮の歌謠)」 등 조선 문예물의 번역이 보이는 우스다 잔운(薄田斬雲)의 『암흑의 조 선(暗黑なる朝鮮)』(日韓書房, 1908) 내의 45구(句)에 달하는 '조선인의 하이쿠(俳句)'이다.

12) 이건제의 「조선문인협회 성립과정 연구」(『한국문예비평연구』 제34집, 한국현대문예비 평학회, 2011)와 박광현 의 「조선문인협회와 '내지인 반도작가'」(『현대소설연구』 제43 집, 한국현대소설학회, 2010) 등이 있다.

13) 조선문인보국회 결성식을 안내하는 『경성일보』 1943년 4월 14일 기사에서도 조선가 인협회가 거론되고 있으며, 단카부의 부장을 맡게 되는 모모세 지히로(百瀬千尋)는 반 도 가단(歌壇)에서 1920년대 이후 큰 족적을 남겼는데, 1940년대초 국민시가연맹에서 는 그 활동상이 보이지 않는 바, 동시대에 단카 창작 전문 조직인 조선가인협회를 이 끌었던 것으로 추측은 되지만 조선가인협회가 1941-42년에 발간한 문헌은 현재 확인 되지 않고 있다. 또한 1940년대 초 센류계의 동향을 알 수 있는 잡지 자료는 현존본 이 발견되지 않으며 한반도에서 간행된 센류 관련 문헌으로는 개인이 자비출판한 단 행본 津邨瓢二樓(1940) 『朝鮮風土俳詩選』이 마지막으로 확인된다.

14) 임종국 저, 이건제 교주 『친일문학론』 민족문제연구소, 2013, p.170에서는 네 개 단체 라고 지칭하고 있지만 오류로 보이며, 다섯 단체 중 조선가인협회(朝鮮歌人協會)가 누 락되어 있다.

15) 이상은 윤대석의 「1940년대 전반기 조선 거주 일본인 작가의 의식구조에 대한 연구」 (『현대소설연구』 제17집, 한국현대소설학회, 2002)에서 인용.

16) 다시 말하지만 이는 한국 식민지문학 연구계에서 가장 활발히 연구된 조선인 작가들 이 대거 참여한 『국민문학(國民文學)』의 창간보다 두 달이나 앞선 것으로, 잡지 『국민 문학』에 근거한 '국민문학론'에 선행하는 문학 이론과 실천의 궁리가 보인다.

17) 리요(俚謠)나 정기(情歌)로도 일컬어진 7·7·7·5의 26문사를 기본으로 하는 시가.

18) 유옥희, 「일제강점기의 하이쿠 연구-『朝鮮俳句一万集』을 중심으로」, 『일본어문학』 제26 집, 일본어문학회, 2004, pp.275-300.

19) 나카네 다카유키(中根隆行), 「조선 시가(朝鮮詠)의 하이쿠 권역(俳域)」, 『日本研究』第16輯, 고려대학교 일본연구센터, 2011, pp.27-42.

20) 구인모, 「단카(短歌)로 그린 조선(朝鮮)의 風俗誌-市內盛雄 編, 朝鮮風土歌集(1935)에 對하여」, 『사이間SAI』 국제한국문학문화학회, 2006, pp.212-238.

21) 김보현, 「일제강점기 전시하 한반도 단카(短歌)장르의 변형과 재조일본인의 전쟁단카 연구-『현대조선단카집(現代朝鮮短歌集)1938』을 중심으로」, 『동아시아 문화연구』 제56집, 한양대학교 동아시아문화연구소, 2014, pp.273-307.

22) 楠井清文, 「植民地朝鮮における日本人移住者の文學－文學コミュニティの形成と『朝鮮色』『地方色』」(『アート・リサーチ』第10卷, 立命館大學アート・リサーチセンター, 2010, pp.6-8.

23) 허석, 「明治時代 韓國移住 日本人의 文學結社와 그 特性에 대한 調査研究」, 『日本語文學』 제3집, 한국일본어문학회, 1997, pp.281-309.

24) 1940년대 한반도에서 영위된 일본어문학에 관한 연구는 임종국의 『친일문학론』에서 시작되었고, 2000년대에 들어 김윤식, 윤대석을 비롯한 한국문학계 연구자들에 의해 이중어문학 차원에서 주요 소설가와 소설 위주로 이루어졌다. 대상 매체는 『국민문학(國民文學)』, 『녹기(綠旗)』 등이 중심이었다.

25) 최현식, 「일제 말 시 잡지 『國民詩歌』의 위상과 가치(1)-잡지의 체제와 성격, 그리고 출판 이데올로그들」, 『사이間SAI』 제14호, 국제한국문학문화학회, 2013, pp.517-566.

26) 정병호・엄인경, 「한반도에서 간행된 일본전통시가 문헌의 조사연구-단카(短歌)・하이쿠(俳句) 관련 일본어 문학잡지 및 작품집을 중심으로」(『일본학보』 제94집, 한국일본학회, 2013)와 「한반도에서 간행된 일본 고전시가 센류(川柳) 문헌 조사연구」(『동아인문학』 제24집, 동아인문학회, 2013) 등.

27) 앞서 언급한 정병호・엄인경 공편 『한반도・중국 만주지역 간행 일본 전통시가 자료집(전45권)』(도서출판 이회, 2013)의 한반도 간행 작품집과 잡지 39종에 관한 각 「해제(解題)」의 내용이 그러하다.

28) 박수연, 「일제말 친일시의 계보」, 『우리말글』 제36집, 우리말글학회, 2006, pp.203-232.

29) 고봉준, 「일제 후반기 국민시의 성격과 형식」, 『한국시학연구』 제37호, 한국시학회, 2013, pp.37-59.

30) 『국민시가』는 1941년 9월에 창간호가 나왔고, 10월호, 12월호(11월호는 간행되지 않음), 1942년 8월호(제2권 제8호), 1942년 11월호(제2권 제10호)가 현존한다. 또한 1942년 3월에 국민시가연맹의 제1작품집이자 3월 특집호로서 『국민시가집(國民詩歌集)』이 간행되었는데, 그 후기에는 '황국의 새로운 국민서정의 건설을 목표로 나아가는' 국민시가연맹이 '무훈에 빛나는 제국육해군 장병 각위에게 본집(本集)을 통해 우리의 감사의 뜻을 전달하고, 아울러 그 노고를 위문하고자 약 1천 부를 증쇄하여 헌납할 예정'이라고 되어 있는데(國民詩歌連盟 「後期」, 『國民詩歌集』 p.96), 이를 통해 평소 잡지 간행보다 증쇄한 특집호 작품집이었음을 알 수 있다.

# 『국민시가』의 전사(前史)—한반도 가단(歌壇)의 흐름

## 1. 한반도 간행 단카 잡지

『국민시가』는 1941년 일본의 전통 시가 장르인 단카의 제 유파와 근대시 장르를 통합하여 만든 단체, 국민시가연맹이 간행한 기관지이다. 그런데 국민시가연맹의 중심축을 이루며 초반에 이론적 담론을 제시하는 인물들은 근대시 분야보다 단카와 연계된 가인들이었다고 할 수 있다. 이에 본 장에서는 『국민시가』에 이르기까지 국민시가연맹의 주축을 이룬 단카 종사자들을 중심으로 하여 한반도에서 단카계 문단, 즉 가단이 어떠한 활동을 전개해 왔는지를 통시적으로 살펴보고자 한다.

주지하듯, 한반도에 일본인들이 거류하게 된 이래로 1900년대에서 1910년대를 거치면서 주요 거류지를 중심으로 일본어 신문이나 잡지와 같은 매체가 발달하게 되었다. 이러한 매체에는 문예란이나 그에 준하는 코너들이 마련되었고 지역별 문학결사에 의한 단카나 하이쿠와 같은 장르가 모집과 선발이라는 체제를 일찍부터 갖추며 자리를 잡았다. 물론 기행, 수필, 평론, 소설, 한시, 시도 있었으나 이러한 장르는 개인 창작에 의존하는 바가 컸다. 이와 같은 초기 일본어 매체에 수록된 문예물들에서는 조선의 후진성과 야만성을 꼬집으며 우월감을 느끼거나 또는 타지에서의 삶을 비관하는 재조일본인들이 그려져 있어 그들 스스로의 아이덴티티를 확인, 혹은 공유하는 기능이 있었다.[1] 그러나 이 그룹들은 아직 소인원으로 유지되는 지역 근거의 문학결사였으며 한반도 전지역에 걸친 문단이라고 할 만한 상황에까지는 이르지 못하였다.

가장 거대하고 강력한 일본어 매체 중 하나였던 『경성일보(京城日報)』와 같은 일간지에는 일찍부터 일본 전통시가 장르의 모집과 선별 등이 이루어졌고, 그 코너를 단카의 경우 「경일가단(京日歌壇)」, 하이쿠의 경우 「경일하이단(京日俳壇)」, 센류의 경우 「경일류단(京日柳壇)」이라 명명하였다. 여기에서 비로소 문단 의식이 엿보인다고 할 수 있는데, 한반도에서 큰 범위의 가단(歌壇)이라고 할 만한 문단은 1920년대 이후에 본격적으로 형성되었다고 할 수 있다.

1920년 이전까지 반도 가단에는 전문 단카 잡지도, 단카계의 지도자적 인물도 등장하지 않았고, 신문이나 종합잡지의 문예란에 발표되는 재조일본인과 내지인의 작품이 위주였다. 그러다 1920년대 초 『미즈가메(水甕)』[2]에 기반한 30대의 가인(歌人)들이 한반도로 건너옴으로써 한반도의 가단은 활발한 움직임을 시작하게 된다. 필자가 조사한 『국민시가』 이전에 한반도에서 간행된 것으로 확인되는 단카 전문 문학 잡지, 즉 가지(歌誌)는 [표 1]과 같다.

[표 1] 한반도 간행 가지(歌誌)

|   | 잡지명 | 대표자 | 출판사 | 출판지 | 발행년월 |
|---|---|---|---|---|---|
| 1 | 버드나무<br>(ポトナム) | 小泉苳三 | ポトナム社 | 京城/東京 | 1922.4.-현재 |
| 2 | 진인<br>(眞人) | 市山盛雄,<br>細井魚袋 | 眞人社 | 京城/東京 | 1923.7.-1943.3. |
| 3 | 히사기<br>(久木) | 末田晃 | 久木社 | 京城 | 1927.?-?(1932.12.) |
| 4 | 시라기누<br>(新羅野) | 丘草之助 | 新羅野社 | 京城 | 1929.1.-?(1934.1.) |
| 5 | 가림<br>(歌林) | 小西善三 | 朝鮮新短歌協會 | 京城 | 1934.12. |
| 6 | 아침<br>(朝) | 道久良 | 『朝』發行所 | 京城 | 1940.10. |

이하, 『국민시가』 이전 한반도에서 오랜 기간에 걸쳐 간행된 이 여섯 단카 전문잡지를 소개하여 한반도에서 단카 문단이 어떻게 형성되었고 전개되었는지를 알아보기로 한다.

### 1) 『버드나무(ポトナム)』

우선 『버드나무(ポトナム)』는 경성에서 최초로 간행된 단카 전문 잡지였다. 1922년 4월 고이즈미 도조(小泉苳三)와 모모세 지히로(百瀬千尋) 등에 의해 창간되었고, 2009년 1000호 기념호를 지나 2012년에는 90주년 기념호가 간행되는 등 현재도 도쿄(東京)에서 간행되는 일본의 주요 단카 잡지 중 하나이다. 백양(白楊)을 의미하는 한국어 '버드나무'(정확하게는 '양버드나무')를 잡지의 제명으로 한 부분에서부터 조선의 단카 잡지를 지향했음을 알 수 있다. 고이즈미 도조는 오노에 사이슈(尾上柴舟)가 주재

[그림 5] 『버드나무』 창간호 겉표지(좌)와 제1권 제3호의 속표지(우)

한 『미즈가메』의 편집에 참가한 주요 멤버였는데, 『버드나무』 창간 이후에는 여기에 진력하였다. 오노에 사이슈를 비롯한 『미즈가메』의 가인들도 『버드나무』에 단카를 기고한 것이 확인되므로 초기에는 두 단카 잡지 사이에 긴밀한 교류와 교섭이 있었음을 엿볼 수 있다. 1922년 9월에는 창간 반년 만에 특집호를 기획하는 등 1922년부터 1923년 전반까지 약 1년간, 다시 말해 『진인(眞人)』이라는 유력한 단카 잡지가 등장하기 전까지는 한반도 유일의 단카 잡지로서 재조일본인 가인들이 근거하는 활동무대가 되었다.

그러나 1923년 7월 『진인』이 창간되면서 『버드나무』와 고이즈미 도조는 한반도에서의 입지를 잃고 크게 동요한다. 그것은 『버드나무』의 주요 동인이던 가인들이 『진인』으로 이탈하고, 『미즈가메』가 후발주자인 『진인』을 전폭적으로 지지, 응원하며 한반도의 대표 단카 결사로 인정해 버린 것과 관련이 있다. 고이즈미는 이를 '버드나무사에 불유쾌한 동요를 초래'한 것으로 받아들이고 『미즈가메』, 『진인』 모두와 갈등을 빚으며 '중앙 진출', 즉 일본으로 귀국하게 되며 『버드나무』 역시 근거지를 경성에서 도쿄로 옮기게 된다. 그러나 이윽고 1923년 9월 일본을 공포로 몰아넣은 간토(關東)대지진이 일어나고 『버드나무』 9월호는 원고가 모두 화재로 소실되는 등 어려운 상황에 놓였다. 일본에서의 출판과 인쇄가 여의치 않게 되자, 11월호는 모모세 지히로를 비롯한 경성 버드나무사의 힘을 빌려 잠시 경성에서 인쇄되며 반년 성도 도쿄 버드나무사와 경성 버드나무사의 협력 시기를 갖게 된다. 그리고 1924년 2월 이후 발행소가 다시 도쿄 오사카, 교토, 도쿄 등지로 발행처가 옮겨지면서 '내지' 일본의 단카잡지로 성장해 오늘날에 이른다.

당시 『버드나무』의 주축은 고이즈미 도조와 모모세 지히로라 할 수 있다. 교원이던 고이즈미 도조는 경성, 도쿄, 니가타(新潟), 나가노(長野) 등으로 근무학교가 바뀜에 따라 그러한 이동과 삭막한 심정을 단카로 표현했고, 1933년 『버드나무』에 「현실적 신서정주의의 단카 제창(現實的 新抒情主義の短歌の提唱)」이라는 글을 발표하고 이후 단카 창작의 지침으로 삼았다. 서정적 단카와 근대 단카의 연구자로서 세 권의 『메이지 다이쇼 단카 자료 대성(明治大正短歌資料大成)』과 같은 업적을 남긴 고이즈미는 리쓰메이칸(立命館)대학과 베이징(北京)사범대학 교수를 겸임하고 후에 간세이가쿠인(關西學院)대학 교수가 되었다. 『버드나무』 원본을 비롯하여 그와 관련된 근대의 단카 관련 자료들은 리쓰메이칸대학 도서관에 '양버드나무'를 의미하는 '백양장 문고(白楊莊文庫)'로 보존되어 있다.[3]

『버드나무』가 경성에서 간행될 때 편집겸 발행인이었고, 도쿄 버드나무사로 중심이 옮겨갔을 때에도 경성 버드나무사를 지탱하던 모모세 지히로는 『버드나무』의 대표 가인이었다. 『버드나무』의 판권지에는 발행소와 편집 겸 발행자 모모세 지히로의 주소가 용산의 만철(滿鐵) 사택(社宅)으로 되어 있었으므로 1920년대 전반에는 조선총독부 철도국에 근무한 만철 사원이었음을 알 수 있다. 1942년에는 문인협회의 일원으로 단카 측을 대표하여 참여하였으므로 『버드나무』의 탄생 이후 20년간 한반도의 단카계를 대표한 가인으로 평가할 수 있을 것이다.

하지만 『진인』과의 갈등은 깊었던 듯 20년 동안 모모세 지히로와

『진인』파 가인들 간의 교류는 보이지 않으며, 1944년 경성의 상공에서 비행기 사고로 사망[4]할 때까지 모모세는 국민시가연맹에도 참여하지 않았다.


### 2) 『진인(眞人)』

1923년 7월 『미즈가메』, 『버드나무』와 일정 관련을 갖던 가인들이 한반도 전역의 가인들을 섭렵하며 『진인(眞人)』을 창간했다. 1921년 조선에 오게 된 호소이 교타이(細井魚袋)[5]가 주재하여 경성에서 발간한 것으로 '진인(眞人)'이라는 명명도 교타이[6]에 의한 것이다. 창간호는 현재 확인되지 않지만, 1924년 1월에 간행된 제2권 제1호부터 제5권까지 일부 호의 원본이 현존하고 제6권부터 1943년 3월의 제21권 제3호까지는 거의 결호 없이 현존본이 확인된다. 『진인』은 종전 이후에도 지속적으로 발간되었으며 1962년 8월 제40권 제8호(통권 389집)로 종간을 맞기까지 수많은 '진인' 동인들에 의해 유지되었다.

일본의 유망한 가인 호소이 교타이가 1921년 10월 조선으로 오게 되었고, 조선 가단의 개척자 이치야마 모리오(市山盛雄)[7]와 의기투합하여 조선에 있는 가인들을 포용하여 강고한 결사로 성장시킨 것이 '진인'이며, 이것이

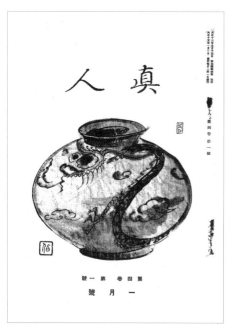

[그림 6] 『진인』의 1926년 1월호 조선 백자 그림 표지

움직임이 미약하던 반도의 가단에 큰 약진을 가져다 준 일대 사건이었다.

기사에 따르면 로뎅의 조각을 표지에 배치한 『진인』의 창간호는 반도에 센세이션을 일으킨 것은 물론 일본의 '중앙' 가단에도 큰 반향을 불러일으켰다[8]고 한다. 1923년 간토대지진으로 타격을 받은 도쿄의 인쇄계가 부진에 빠져 있을 때 조선에서 발행된 『진인』은 내용과 인쇄의 면에서 일본 '중앙' 가단을 놀라게 할 정도로 훌륭한 형식과 내실을 갖추었던 것으로 평가받는다. 1924년 4월 교타이는 어쩔 수 없는 사정으로 도쿄로 돌아가게 되었는데, 이후에도 이치야마 모리오를 중심으로 한 경성 진인사가 『진인』 초반의 발행을 담당하면서 「조선민요의 연구(朝鮮民謠の硏究)」, 「조선의 자연(朝鮮の自然)」, 「전국가단일람표 제작(全國歌壇一覽表の作製)」 등 1920년대 한반도의 가단과 단카 연구에 가장 중핵이 되는 특집호를 내놓았다.

1930년대에 들어서도 『진인』은 여전히 내용이 풍성하고 수많은 동인 가인들을 유지하지만, 이치야마 모리오의 전근으로 인해 『진인』의 두 핵심인물인 호소이 교타이와 이치야마가 도쿄를 기반으로 하게 됨에 따라 발행, 인쇄 등이 모두 도쿄로 옮겨진다. 이렇게 되면서 『진인』 초창기부터 주요 선자로 활약하며 단카의 창작뿐 아니라 다양한 가론과 문예연구를 펼치던 미치히사료(道久良)가 「조선의 단카(朝鮮の歌)」[9]와 같

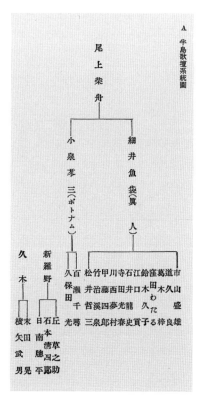

[그림 7] 반도 가단 계통도 『진인』 제10권제7호 (1932년 7월) p.13.

은 글과 더불어 '반도' 가단에서 창작된 단카를 도쿄 진인사 쪽으로 보내는 형식을 취한다. 그러다 1940년대 이후에는 『진인』에서 '반도' 가단의 자취를 찾아보기는 어려워진다.

여기에서 한반도 가단의 흐름을 이해하는 데에는 『진인』 10주년 기념호(제10권 제7호, 1932년 7월)의 기사 내용이 큰 도움이 된다. 특히 「반도 가단과 진인의 전망(半島歌壇と眞人の展望)」이라는 글에서는 그림과 같은 반도 가단의 계통도를 제시하고 있어, 1932년 당시 한반도에는 『진인』, 『포토나무』, 『시라기누(新羅野)』, 『히사기(久木)』의 네 계통이 있었고 한반도 재주자로서 각 계통의 대표자들을 알게 해 준다.


## 3) 『히사기(久木)』

『히사기』는 1927년 창간된 것으로 보이는 잡지인데 현재는 제5권 제6호(1932년 6월)와 제5권 12월호(1932년 12월)의 두 호가 확인된다. 잡지 표지의 제목 글자를 『만요슈』 연구가이자 가인으로서도 당대 최고의 명성을 떨치던 사이토 모키치(齋藤茂吉)가 쓰고 잡지 제명 '히사기(久木, 예덕나무의 옛 명칭)'도 『만요슈』의 유명 노래에서 가지고 온 것으로 보이므로, 『만요슈』 존중의 사이토 모키치 영향 하에 간행된 잡지였을 것으로 보인다.

경성제국대학 예과 출신인 스에다 아키라(末田晃)가 대표 선자이자 가인으로서 『히사기』를 주재하였다. 경성제대 예과 교수인 나고시 나카지로(名越那珂次郎)의 기고도 있는데, 스에다가 경성제대 예과의 도서관 직원이었고 나고시가 이 도서관의 과장을 역임하고 있었으므로 두 사람이 매우 가까운 사이였기에 이러한 기고 형태가 가능했던 것으로 보인다.

현재 확인 가능한 『히사기』 현존본이 두 호밖에 없어 이 잡지의 전체적인 단카 경향을 단언하기는 어려우나, '국민가집'의 원형으로서의 『만요슈』와 『만요슈』 가인들을 추앙하는 가론과 논문이 많은 점을 지적할 수 있다.

[그림 8] 『히사기』 1932년 6월호 고려 청자 그림 표지

[그림 9] 『시라기누』 1929년 10월호 속표지

### 4) 『시라기누(新羅野)』

『시라기누』는 제명의 한자가 '신라야(新羅野)'로 한반도의 옛 나라 이름 중 신라(일본식 읽기는 '시라기')라는 고유명사를 선택하고 있는데, '野'의 일반적 훈독음인 '노(の)'를 '누(ぬ)'로 바꾸어 '시라기누(白衣)', 즉 조선의 의복을 상징하는 '백의＝흰 옷'라는 발음과 겹쳐 사용하고 있다. 이처럼 제명부터 조선의 고유색을 드러내고자 한 『시라기누』는 제1권

제10호(1929년 10월)와 제11호(11월), 제2권 제7호(1930년 7월) 세 호의 현존본이 확인된다. 회원들의 소식지 성격을 갖는 회보란을 조선 고유의 음식인 「신선로(神仙爐)」라고 명명하고, 현존본을 보는 한 조선의 지명을 곳곳에 읊으며 그 방문의 감흥 등을 읊은 서경적 단카가 많은 것으로 보아 한반도의 단카를 표방하려는 의식을 가졌던 것으로 보인다.

『시라기누』가 1934년 작품집을 낸 것까지는 알려져 있으나 대표자들의 행적은 상세하지 않다. 다만 미시마 리우(美島梨雨)와 이마부 류이치(今府劉一)는 『국민시가』에도 단카를 제출하였으므로 『시라기누』 계통으로서 1940년대까지 한반도에서 가인 활동을 한 것을 알 수 있다. 또한 한문학자이자 조선통(通)으로 조선에서 알려진 마쓰다 가쿠오(松田學鷗)도 『시라기누』에 창작 단카를 게재한 것이 확인된다. 『시라기누』의 현존본을 보면 전호의 단카평이 비교적 충실하며 조선 지명의 해명, 야마노우에노 오쿠라(山上憶良)의 노래 감상이나 경성제대 교수 다카기 이치노스케(高木一之助)의 「만요 잡화(万葉雜話)」를 기획한 예고 등이 있어 『만요슈』 존중의 가풍이 중심이었음을 추측할 수 있다. 동인들의 1년간의 단카를 모은 작품집 『시라기누』를 단행본으로 1년차 때부터 간행했던 것으로 보이며 동시대 재조일본인 문인들의 독후감이나 비평 및 '내지' 일본 가단의 반향이 상세히 소개되어 있다.

## 5) 『가림(歌林)』

1930년대는 한반도 가단이 상당히 활황이었음을 반영하듯 신흥단카 결사의 존재를 증명하는 『가림(歌林)』이라는 이채로운 단카 잡지가 등장하게 된다. 『가림』은 조선신단카협회(朝鮮新短歌協會)가 그 기관지로서 경

성에서 발행한 단카 잡지이며, 1934년 12월에
간행된 제2권 제1권(1935년 1월호)만이 현존한다.
1934년 여름 무렵 창간되었고 제1권은 4호까지
간행된 것으로 보인다.[10] 조선신단카협회는 표
지의 「선언」에서 '동양예술의 전통을 올바로
계승'하고 '신단카를 수립'할 것을 표방하며 작
품행동, 자기비판, 일대약진의 운동을 협회결성
과 『가림』쇄신을 통해 실천한다고 선언하였다.
『가림』이 지향하는 신단카는 '새로운 현실파악'
과 '객관적 과학적 방법'으로 '자기비판'을 통
해 '새로 개념되는 단카'[11]인데, 이 유파는 1927
년 일본에서 신단카협회가 설립되어 구어가인

[그림 10] 『가림』 1935년 1월호 표지

들이 자유율 구어(口語)단카를 주장하던 모더니즘 단카와 프롤레타리아
단카를 포함한 신흥단카운동과 관련[12]되어 있는 것으로 파악된다.

실제 『가림』 내에 실린 동인작품과 신인작품으로 수록된 단카들은 31
글자라는 외재율에 파격이 상당하고, 구어를 통한 내재적 음율을 구사
하고 있다. 또한 잡지 내의 가론에서는 사어(死語)화 된 고어 사용을 배
격하고 현대구어를 사용해야 하는 당위성을 강력히 표명하고 있다.[13]
20명의 동인 외에도 김정록(金正祿)이라는 조선인 가인을 포함한 신인 22
명의 작품이 보여 미약하지 않은 세력을 형성하고 있었던 것으로 추측
된다. 잡지 안에서 동인과 신인에 대한 작품 비평과 작품 검토가 면밀
히 이루어지고 있어 자기반성적 자세가 엿보이며, 회원의 동정과 편집
후기, 회칙까지 담아내 단카 잡지로서의 체제를 갖추고 있다. 발행인 고
니시 요시로(小西芳郎)를 비롯한 주요 위원과 동인들이 『진인』에 등장하

지 않는데, 조선신단카협회는 독자적 행보를 했던 계열이었던 것으로 보인다.

### 6) 『아침(朝)』

[그림 11] 『아침』 1940년 10월호 조선 백자 그림 표지

중일전쟁에 접어든 이후 반도 가단을 대표할 만한 뚜렷한 단카 잡지는 『아침(朝)』 정도만이 확인된다. 현재 1940년 10월에 발행된 제1권 제8호만이 남아 있는데, 인쇄는 매일신보사, 발행인은 『진인』에서 큰 활약을 한 바 있는 미치히사 료(道久良)이다. '성전(聖戰)'으로 일컬어진 중일전쟁은 장기전으로 접어들었고 문예잡지는 형식과 내실이 점차 곤란한 상황에 빠졌던 듯, 『아침』의 「편집후기」에서는 단카 제출자가 적은 것을 염려하는 문구가 보이고,[14] 체제도 시가의 정신을 논하는 소품 산문들과 단카 작품이라는 단순한 구성을 취하고 있다. '교육소집(敎育召集)', '세계사', '이념', '격돌', '신질서', '배급', '이상호흡', '사이렌' 등 전쟁참여와 직결된 단카가 직접 읊어지거나, 내선일체 구호 하에 조선인들의 창씨개명이 진행되는 상황도 단카 속에 그대로 드러나 있어 1940년의 조선이 놓인 시대상을 읽어내기에 유용한 자료가 된다.

『아침』의 속간여부는 알 수 없지만, 일단 1941년 6월 총독부 당국에 의해 잡지들은 모두 폐간 처분을 받았다. 그리고 국민총력조선연맹문화부 지도하에 7월에 국민시가연맹이 결성되어 단카와 시 장르를 통합하여 9월 조선 유일의 시가잡지 『국민시가』가 창간되었다. 그리고 미치히사 료를 비롯해 『아침』에 관여한 상당수 가인들의 이름이 『국민시가』에서도 확인된다.

당시의 자료를 살펴보면 1930년대 초중반에는 한반도에 『진인』, 『버드나무』, 『시라기누』, 『히사기』 외에도 『사스카타(さすかた)』, 『범람(氾濫)』, 『패왕수(霸王樹)』, 『만다라(曼陀羅)』와 같은 단카 잡지도 결사를 두고 활동했다15)고 한다. 『사스카타』이하의 당시 단카 잡지의 현존본은 확인되지 않아, 한반도에서 간행된 것인지 '내지' 일본의 유파가 한반도에 지사를 둔 형태였는지 단정하여 말하기 어렵다. 하지만 상당수 회원들에 의해 유지되고 지속적으로 월간지 형태로 간행될 수 있었던 단카 전문 잡지가 이처럼 다채로운 활동상을 보인 점에서, 단카 문단이 1920년대 초부터 한반도에 형성되어 다양한 문학 이론을 전개하고 작품 창작과 향수의 기반이 마련되어 있었음을 알 수 있다.

## 2. 한반도 간행 단카 작품집

위에서 살펴본 것처럼 1920년대부터 1940년까지 한반도에서는 수많은 단카 전문 잡지들이 간행되었고 이 가지(歌誌)들을 중심으로 단카 문단, 즉 가단이 형성되어 있었다. 다시 말해 단카 문학 결사가 조직되어 그 회원들의 창작 활동과 주도적 가인들의 지도로 월간지 형태의 정기 간행물인 가지를 간행한 것인데, 사실 이 시기에는 이러한 연속 간행물 외에도 단행본 단카 작품집, 즉 가집(歌集)들 또한 상당히 많이 — 문학

단행본으로서는 단연코 많은 수가— 간행되었다. 이하 한국과 일본의
국공립도서관, 대학 도서관에서 조사한 한반도에서 간행된 1941년 이전
의 가집들을 정리해 보면 [표 2]와 같다.

[표 2] 한반도 간행 가집(歌集)

| | 가집명 | 저·편자 | 출판사 | 출판지 | 출판년월(일) |
|---|---|---|---|---|---|
| 1 | 옅은 그림자(淡き影) | 市山盛雄 | ポトナム社 | 京城 | 1922.12.25 |
| 2 | 샤케이슈(莎鶏集) | 百瀬千尋 外 | ポトナム社 | 京城 | 1923.6.1 |
| 3 | 종려나무(柊) | 岡嶋鄕子 | 近澤商店印刷部 | 鎭南浦 | 1926.7.25 |
| 4 | 사키모리(さきもり) | 神尾弌春 | | 京城 | 1928.11 |
| 5 | 송도원(松濤園) | 渡邊淸房 | 元山短歌會 | 元山 | 1928.12.20 |
| 6 | 보리 꽃(麥の花) | 難波專太郎 | 眞人社 | 京城 | 1929.9.4 |
| 7 | 고려야(高麗野) | 名越湖風 | 大阪屋號書店 | 京城 | 1929.11.15 |
| 8 | 조선가집 서편 맑은 하늘<br>(朝鮮歌集序編 澄める空) | 道久良 | 眞人社 | 京城<br>東京 | 1929.12.10 |
| 9 | 한향(韓鄕) | 市山盛雄 | 眞人社 | 京城<br>東京 | 1931.2.9 |
| 10 | 산천집(山泉集) | 末田晃.柳下博 | 久木社 | 京城 | 1932.1.15 |
| 11 | 종로 풍경<br>(鍾路風景) | 百瀬千尋 | ポトナム社 | 京城<br>東京 | 1933.10.20 |
| 12 | 시라기누 가집 제삼<br>(新羅野歌集第三) | 丘草之助 | 新羅野發行所 | 京城 | 1934.1.1 |
| 13 | 1934년판 조선 가집<br>(昭和九年版 朝鮮歌集) | 朝鮮歌話會 | 朝鮮歌話會 | 京城 | 1934.1.25 |
| 14 | 유달(儒達) | 儒達短歌會同人 | 儒達短歌會 | 木浦 | 1934.7.17 |
| 15 | 낙랑(樂浪) | 德野鶴子 | ポトナム社 | 京城 | 1936.8.10 |
| 16 | 조선풍토가집<br>(朝鮮風土歌集) | 市山盛雄 | 朝鮮公論社 | 京城 | 1936.11.25 |
| 17 | 솔방울(松の實) | 磯部百三 | 磯部百三先生歌<br>集刊行會 | 京城 | 1937.2.22 |
| 18 | 조선(朝鮮) | 道久良 | 眞人社 | 京城 | 1937.3.31 |
| 19 | 현대조선단카집<br>(現代朝鮮短歌集) | 現代朝鮮短歌集刊行會 | | | 1938 |
| 20 | 성전(聖戰) | 道久良 | 眞人社 | 京城 | 1938.9.15 |

한반도에서 간행된 가집인데 출판지가 도쿄로 되어 있는 것은, 앞의 단카 잡지에서 본 것처럼 『버드나무』와 『진인』이 각각 경성 버드나무사와 경성 진인사에서 출발하여 도쿄 버드나무사와 도쿄 진인사로 그 중심을 옮겨간 것과 관련이 있다. 발행자 주소는 도쿄로 되어 있지만 편집이나 인쇄는 경성에서 이루어진 경우도 있고 발매는 도쿄와 경성에서 같이 이루어진 경우가 대부분이다. 위의 표에서 알 수 있듯이 전체적으로 1920년대는 8권, 1930년대에는 12권의 가집 간행이 확인된다.

## 1) 1920년대의 단카 작품집

한반도에서 현존하는 것 중 최초의 가집은 1922년 경성(京城)에서 간행된 이치야마 모리오의 개인 가집 『옅은 그림자(淡き影)』이다. 이치야마는 경성 진인사의 대표격이자 한반도 전체의 진인사를 최대 단카 결사로 만든 장본인이지만, 1922년은 아직 『진인』이 창간되기 이전이었으며 한반도에서 단카 작품집을 낼 수 있는 근거지는 버드나무사밖에 없을 때였다. 또한 이치야마가 가인으로서 입신하는 데에 큰 영향을 준 호소이 교타이 역시 당시 『버드나무』의 동인이었으므로 1923년 7월 이전 한반도에서 가집을 간행할 수 있는 유일한 기반인 버드나무사에서 출간했다.

이치야마는 1922년 여름에 병사한 사랑하는 동생에 대한 추모와 애틋한 감정을 윤곽이 뚜렷하지 않은 모습, 즉 '옅은 그림자'라는 가집 제목과 백여 수의 단카로 드러내고 있다. 단카를 창작한지 얼마 되지 않지만 이치야마는 '반도 가단의 선편(先鞭)'임을 의식하고 있는데, 『옅은 그림자』는 한반도 간행 최초의 개인 가집이라는 문학 상의 가치를 지니고 이후 한반도에서 간행될 일본 전통시가의 선구적 역할을 담당했다고 볼 수 있다.

이에 비해 이듬해 간행된 『샤케이슈(莎鷄集)』는 '버드나무 총서 제1편' 이라 칭한 것처럼 버드나무사가 경성에서 단카 단체로서 내놓은 최초의 가집이다. 버드나무사의 주재자인 고이즈미 도조를 비롯한 모모세 지히로, 이치야마 모리오 등 당시 조선에서 활약한 열한 명 가인들의 단카를 묶어 1923년 6월 간행하였다. 베짱이나 여치를 의미하는 '莎鷄'는 이태백의 한시에서 따온 것으로, 이 가집은 가인별로 소제목을 내세우고 그 안에 조선적 색채가 묻어나는 가제(歌題)를 여러 가지 마련하여 단카를 나열하고 있다. 『샤케이슈』에 이름을 열거하는 열한 명의 가인이 1920년대 초 한반도에 가단이 형성되기 시작할 무렵의 주요 인물들이라 볼 수 있을 것이다. 또한 이 가집은 경성의 오사카야고(大阪屋号)서점과 도쿄의 세키네(關根)서점에서 동시에 발매되었다는 점이 이채로우며, 이는 이 시기 도쿄 가단과 조선 가단에 이미 상호 소통이 이루어지고 있었다는 것을 잘 반증해 준다.

다음 『종려나무(歌集柊)』는 조선 진남포의 가인 오카시마 사토코(岡嶋鄉子)가 자신의 단카를 엮어 1926년 간행한 비매품의 개인 가집(家集)이다. 이 가집의 「발문(跋文)」에 따르면 오카시마는 많은 형제들 중에서 한 사람 정도는 단카를 했으면 한다는 부친의 말에 따라 단카 창작의 길에 들어섰다고 하며, 타계한 아버지에게 바치는 가집으로 구상되었다. 『종려나무』라는 제목도 작가의 가문(家紋)이 종려나무였던 사실에 유래하고 있으며, 조선에서 한 가정의 주부로 살던 재조일본인 여성 가인이 단카를 지도받을 기회를 갖지 못한 점을 애석해 하면서도 자기 삶에 대한 솔직한 숨결을 담아내려고 한 점이 드러난다. 『종려나무』는 한반도 간행 가집 중 초기에 간행된 여류 가인의 10년간의 단카 창작 역사를 보여 주며, 경성뿐 아니라 진남포와 같은 지방에서도 개인 창작이 이루어지고 있었다는 것을 보여주는 자료라 할 수 있다.

『사키모리(さきもり)』는 조선총독부 학무과장(學務課長)이던 가미오 가즈하루(神尾弌春)가 발행한 것으로 경성에서 1928년 11월에 간행된 가집이다. '사키모리'란 옛날 동국(東國) 지방에서 징발되어 규슈(九州)를 경비하던 병사를 가리키는 말이었는데 변방을 지키는 사람이라는 의미의 오래된 말이다. 「제주잡영(濟州雜詠)」, 「금강산행(金剛山行)」, 「북만 기행의 노래(北滿羈旅の歌)」, 「남만주의 봄을(南滿の春を)」과 같이 한반도와 '만주' 지역 기행 및 자연 풍물과 계절에 관한 가제(歌題)를 설정하여 단카를 배열하고 있는 것이 특징이다.

『송도원(松濤園)』은 원산(元山)의 경승지이자 유명 해수욕장인 송도원을 가집 이름을 하고 있다. 원산의 가인(歌人) 와타나베 기요후사(渡邊清房)가 편집하여 1928년 연말 즈음에 「원산단카회(元山短歌會)」 이름으로 간행하였다. 「권말기(卷末記)」에는 1919년부터 원산 단카의 창생기가 도래하고 일시적인 정체기를 거쳐 1927년부터 부흥시대를 맞았다는 원산 가단의 형성과 발전, 그리고 이 가집이 만들어지게 된 경위가 상세히 기술되어 있다. 특히 소규모 단카 모임들이 합체하여 1927년 5월 '원산단카회'가 설립되고, 동년 7월 '원산단카회'가 진인사의 원산 지회가 되는 대목이 중요하다고 하겠다. 경성 진인사의 대들보인 이치야마 모리오는 물론이고 도쿄 진인사를 세운 호소이 교타이, 일본에서 독보적 명성을 얻고 있던 오노에 사이슈(尾上柴舟)와 와카야마 보쿠스이(若山牧水) 등 유명한 가인들이 연이어 원산을 방문하였는데, 이것은 1920년대 후반 진인사의 세력이 일본과 한반도 전역의 단카계에 힘을 미친 것을 의미한다.

『송도원』은 이렇게 부흥기를 맞이한 원산 가단의 상황을 반영하며 '원산단카회' 회원의 합작집으로 계획되어 1년간의 작업으로 편찬되었다. 원산의 재조일본인들을 중심으로 한 서른두 명의 가인들이 송도원 등 그 지역에 애착을 가지고 그 자연 속에서 느끼는 풍정과 감흥, 열정, 진지함, 그리고 생활 감정을 단카로 호소하고 있다. 『송도원』은 조선의 각 지역에서 단카 결사나 창작이 상당히 활발하게 이루어지고 이들이 일본 본토의 주류 문단과 일정 네트워크를 통해 조선 각지와 연결되어 있음을 보여주는 측면에서도 귀중한 가집이라 할 수 있다.

[그림 12] 가집 『보리꽃』의 표지

『보리꽃(麥の花)』은 재조일본인 문필가 난바 센타로(難波專太郎)의 가집(家集)으로 1929년 9월 경성 진인사(眞人社)에서 간행했다. 난바 센타로는 조선에 건너오기 이전부터 이미 작가로 활동하며 시와 단카를 창작하여 가집으로 『고향집(故郷の家)』(도쿄, 1920), 시집으로 『죽은 자의 말(死人の言葉)』(도쿄, 1921)을 간행한 바가 있는 것으로 확인된다. 조선에 온 이후 조선 문필계에서 겪은 다양한 경험과 논박 등을 지상에 게재한 글을 모아 『조선풍토기(朝鮮風土記)』를 출판하기도 하였다. 『보리꽃』은 이미 도쿄에서 간행하였던 가집 『고향집』을 모태로

하고 있는데, 『고향집』 중 10개의 가제를 그대로 살리고 조선에 건너와 새롭게 창작한 단카를 합하여 『보리꽃』을 구성하였다. 이 가집은 난바 센타로의 1919년부터 1929년까지 약 10년간의 단카를 엮은 개인 가집이며, 일본의 『신진시인(新進詩人)』에서 노래했던 단카들과 조선에서 노래한 단카들이 섞여 있다는 의미에서나 가풍 및 소재라는 측면에서 일

본과 조선을 아우르는 혼종적 성격을 띠고 있다.

『고려야(高麗野)』 역시 개인 가집(家集)인데 경성법학전문학교 예과 교수이자 가인인 나고시 나카지로(名越那珂次郎)가 부산과 경성 등 조선에서 읊은 노래를 중심으로 가고시마(鹿兒島), 그리고 영국 유학 중 노래한 단카(短歌)를 모아 편찬한 것이다. 경성의 오사카야고(大阪屋号)서점에서 1929년 11월에 발행하였으며, 「발문」에 '이 가집 안에 조선에 관한 것이 다소라도 나와 있다면 다행이'라는 구절이나 '『고려야(高麗野)』라고 이름 붙인 것은 이 가집에 조선에 관해 읊은 노래가 많기 때문이'라는 구절을 통해 조선에서의 '실감・감흥'16)을 단카로 담아내고 싶었다는 작가의 의도가 잘 나타나 있다. 나고시는 경성제대 예과 교수로서 도서관 책임자를 겸하였는데, 그 때 도서관 직원으로 스에다 아키라가 근무를 하였으므로 두 사람 사이에 상당히 긴 시간 단카를 비롯한 문학적 교유가 있었을 것으로 추측되며, 그런 의미에서 잡지 『히사기』와의 근거리성을 지적할 수 있다.

『조선 가집 서편 맑은 하늘(朝鮮歌集序篇 澄める空)』은 가인인 미치히사료(道久良)가 창작한 가집인데 도쿄 진인사에서 1929년 11월 「진인총서 제3편」으로 간행되었다. '조선을 모태로 하여 탄생한 진인'17)은 이 당시 도쿄에서 조선 관련 진인총서를 연이어 기획했는데, 「진인총서 제1편」은 이치야마 모리오 편의 가집 『봉래집(蓬莱集)』이었다. 미치히사가 단카를 사사한 스승격에 해당하는 문인 노구치 요네지로(野口米次郎)가 '조선으로부터 신신한 시가의 음률이 울려 퍼져 온다'는 말로 시작하는 「서(序)」를 썼다. 미치히사 료는 이 가집을 출판하면서 '빈약한 조선 가집서편을 조선의 고대예술에 바친다'는 글을 모두에 드러내고 있으며 조선문화와 조선인, 조선의 자연에 대한 깊은 이해를 바탕으로 하여 조선

생활의 감흥을 노래하려고 한 가인이었다고 할 수 있다. 1923년부터 6년간 경험한 조선의 경치, 자연, 풍물, 사람, 계절, 고적 등의 감흥을 담은 『맑은 하늘』의 노래들은, 노구치로 하여금 미치히사를 '단순'과 '솔직', 그리고 '거침', '자연스러움', '순수함', '남성'적이면서도 감수성 있는 서정 시인이라 평가하게 했다.

이상에서는 1920년대의 단행본 가집들을 살펴보았는데, 이렇게 한반도에서 간행된 최초의 개인 가집(家集)과 대표 가인들의 단카를 모아 엮은 가집(歌集)은 모두 버드나무사를 기반으로 하였던 것을 알 수 있다. 잡지 『버드나무』를 현재까지도 일본에서 속간하고 있는 버드나무사는 한반도 경성에서 1922년 그 첫걸음을 내디뎠으며, 이렇게 한반도 가단 형성의 출발점이 된 존재였다. 그리고 가집의 간행들을 통해서도 1923년 여름 『진인』의 창간 이후 진인사의 약진이 두드러지고 이윽고 버드나무사를 압도하였으며 한반도 전역에 그 세력을 뻗쳐나가 한반도 가단의 중심으로 굳건히 자리잡게 된 것을 알 수 있다. 그러한 중심에는 이치야마 모리오와 미치히사 료라는 조선을 제재로 한 단카를 수립하고자 고군분투한 대표적인 가인들의 활동이 있었다는 것을 확인하였다.

### 2) 1930년대의 단카 작품집

1920년대 중반 이후 한반도 가단에서 진인사의 입지는 확고한 것으로 보인다. 이러한 경향은 1930년대에도 계속되는데, 1931년 간행된 『한향(韓鄕)』은 일본과 한반도의 가단에 '조선'이라는 화두를 던져 반향을 일으킨 가집이라 할 수 있다. 『한향』은 한반도에서 진인사 설립과 성장에 가장 큰 공을 세운 가인 이치야마 모리오가 도쿄 진인사에서 「진인총서 제2편』으로 간행한 가집이며, 가집의 제명은 조선에서의 생활을 정리하고 일본으로 돌아간 이치야마가 1922년부터 1930년까지 약 10년 간의 조선에서의 삶을 소재로 창작한 단카 중에서 선별한 노래들을 싣고 있다. 이치야마는 「후기」를 통해 '조선은 제2의 고향이며 이 책에 수록한 노래의 배경이기도 하다'는 말을 하고 있어 한반도라는 '제2의 고향'을 의미하는 것으로 보아 무난할 것이다.

호소이 교타이는 「『한향』 출판에 대해」라는 글에서 이치야마를 '반도 가인의 개척자!'라 부르며 '조선을 사랑하는 마음이 한결같'았던 이치야마는 '내재적으로 조선을 느끼'는 사람이었으며 소재를 다루거나 음미함에 있어서도 '조선적인 향취' 작자에게 깊이 스며 있다고 평가한다. 조선의 풍경과 풍물, 자연, 문화에 대한 작가의 단상이 잘 나타나 있는 가집 『한향』은 이 가집에 대한 비평이 『진인』 제9권 제11호(1931년 11월)의 특집호로 꾸려질 만큼 강한 반향을 일으켰다.

한편 『산천집(山泉集)』은 가인인 스에다 아키라와 야기시타 히로시(柳下博)가 공동 편집한 가집인데 1932년 1월 인쇄하여 경성의 히사기사(久木社)에서 동년 1월 15일에 「히사기총서(久木叢書) 제4편」으로 간행한 것이다. 이 가집이 조선 가단에서 가지는 의미나 존재성을 언급하고 있는 부분을 보면 당시 조선의 수많은 가단 중 '히사기'의 존재를 상당히 어필하려는 의도가 읽히는데 이는 당시 조선의 다양한 유파가 상호 경쟁 관계에 있었음을 잘 보여주고 있다.[18] 『히사기』라는 단카 전문 잡지 간행을 목적으로 한 히사기사는 잡지 속간이 궤도에 오르자 소속 사원들을 아우르는 작품집을 총서라는 이름 하에 기획하여 『산천집』과 같은 단행본 가집을 낸 것이다. 이것은 당시의 전국적 단카 결사인 버드나무 사, 진인사, 히사기사, 시라기누사에서 공통되는 현상이며 소속원을 망라한 대형 가집을 출간한다는 것이 가단에 세력을 어필하는 중요한 행위였음을 보여준다.

『종로풍경(鐘路風景)』은 고이즈미 도조와 더불어 경성에서 단카 잡지 『버드나무』를 창간하고 주 편집자를 담당한 모모세 지히로가 자신의 단카를 모아 1933년 10월 「버드나무총서 제16편」으로 간행한 가집(家集)이다. 『버드나무』가 경성된 무렵에는 만철 사원으로 기록되어 있던 모모세는 경성에서 여학교 교사로 근무하였다고 한다. 『종로 풍경』의 「서(序)」에 따르면 모모세는 20년 전인 십오륙 세 경에 아라라기파(アララギ派) 가인 시마키 아카히코(島木赤彦)에게 단카를 사사하고 조선에 건너와 『버드나무』를 창간한 후 단카 창작에 전념하였다. 1931년 버드나무사를 통해 『은령(銀嶺)』이라는 가집을 간행했는데, 이 가집이 허구가 부족하다는 지적을 받고 '오로지 단카 영역의 외곽을 부수고 단카의 세계를 무한하게 만들고'자 노력하여 펴낸 것이 바로 이 『종로풍경』이라 서술하고 있다.

이 가집은 '제1집 종로풍경', '제2집 도쿄(東京)', '제3집 하늘(空)'로 구성되어 있는데, 특히 '제1집 종로풍경'의 경우 낙랑 고분벽화나 신라 토기, 종로풍경, 유달산 행, 진도 여행, 해운대 온천 등 조선의 상징적인 풍경과 문화, 그리고 풍물, 계절에 대한 작가의 심경을 노래하고 있다. 당시 개인의 작품집을 단행본으로 출간하는 것은 적잖이 어려운 일이었는데, 특히 장정이나 서문, 제자(題字)를 유명인에게서 받는 것이 책 자체의 권위와 명망을 담보했다고도 볼 수 있다. 『종로 풍경』은 제자는 모모세와 오랜 기간 교류를 하고 창작에도 여러모로 도움을 주었던 시인이자 가인인 기타하라 하쿠슈(北原白秋)가 담당하였다. 그리고 표지 의장으로 고려시대 벽화인물을 사용하고 있는 점은 당시 조선 내 일본 전통시가에서 조선 문화에 대한 동경 및 관심과 밀접한 관련을 가진 것으로 볼 수 있겠다.

『시라기누 가집 제삼(新羅野歌集 第三)』은 당시 조선에서 활약하였던 단카 잡지 중 하나인 『시라기누(新羅野)』 동인들의 작품을 묶어 오카 구사노스케(丘草之助)가 편집한 가집이다. 앞서 『산천집』에서 설명한 것처럼 당시 한반도의 4대 대표 단카 잡지 중 하나인 『시라기누』가 1934년 1월 「시라기누총서 제3집」으로 발행하여 유파의 건재함을 단행본 작품집으로 알리고자 한 시도라 할 수 있다. 「권말기(卷末記)」에 따르면 『시라기누』 창간 5주년을 기념하여 간행한 것으로 1931년부터 1933년까지 이 잡지에 발표된 동인 일부의 작품을 선별하여 엮은 것이다. 본 가집 이전에도 이미 1929년도와 1930년도에 각각 『시라기누 가집 제일』과 『제이』가 간행된 적이 있고 이를 매년 간행할 예정이었지만 여러 사정상 3년간의 작품을 모아 『제삼』이 늦게 간행되었다고 한다.

한편 이 가집의 모태가 되었던 단카 잡지 『시라기누』와 그 동인들은, 일본 가단의 어떤 후원자도 없이 조선에 재주하는 가인들에 의해서만 창간 및 유지되었고 5주년을 맞는 시점에도 20여 명의 결속으로 진지한 노력을 하고 있다는 점에 자부심을 드러내고 있다. 이 가집은 편집을 담당한 오카 구사노스케(丘草之助)를 비롯하여 모두 13명 동인들의 작품이 작가별로 구성되어 있으며, '조선의 풍물에 대한 소박·청신한 감동'을 노래한 '반도가인의 진지한 발걸음의 자취'로 평가할 수 있을 것이다.

『1934년판 조선 가집(昭和九年版 朝鮮歌集)』은 이치야마 모리오, 오즈카 구니오(大塚九二生), 오우치 노리오(大內規夫), 오카 구사노스케, 가마다 사와이치로(鎌田澤一郎), 미쓰이 쓰루키치(三井鶴吉), 모모세 지히로 등 당시 조선의 대표적인 가인들이 공동편집위원으로 참여하여 만든 가집(歌集)

이다. 1934년 1월 경성의 '조선 가화회(朝鮮歌話會)'에서 발행한 것인데, 이 '조선 가화회'는 앞서 언급한 단카 전문 잡지를 기반으로 한 한반도 가단의 유파들이 거의 모두 협력하여 만든 단체로 보인다. 「권말소기(卷末小記)」에 따르면 '조선 가화회'는 1932년 12월 '조선가인협회(朝鮮歌人協會)'라는 이름으로 결성된 조직이 1933년 11월 개칭한 단체이다. 이 단체는 전조선신년단카대회(全鮮新年短歌大會), 현대 저명가인 전람회 등을 개최하고 매월 혹은 격월로 가화회를 개최하고 회보를 발행함으로써 '재조선 가인 상호의 연락과 좋은 친목을 도모하여 조선 가단 진흥을 위해 노력'하고자 하였다. 이런 의미에서 '조선 가화회'는 각 유파를 초월하여 조선의 모든 가단을 망라한 단체라 볼 수 있는데, 그렇기 때문에 『진인』, 『버드나무』, 『시라기누』, 『히사기』, 『창작(創作)』, 『패왕수(覇王樹)』, 『아라라기(アララギ)』, 『향란(香蘭)』, 『마음의 꽃(心の花)』, 『노래와 관조(歌と觀照)』 등 조선 전국 및 일본과 연계된 한반도 지사들의 주요 소속사가 참여하였다.

특히 『1934년판 조선 가집』에는 '조선 가화회' 회원 90명 중 73명의 가인이 참여하였으며, 가능한 한 '조선색'이 잘 드러날 수 있도록 전체적인 구성을 취한 것이 특징이다. 조선 전국의 가단이 협력하여 조선을 대표할 수 있는 가집을 간행하고자 하는 취지에서 출발한 '조선 가화회'와 이러한 종합적 가집은 당시 한반도 가단의 큰 동향을 파악할 수 있는 귀중한 자료라 할 수 있다.

『단카 유달(短歌儒達)』은 모리자키 사네토시(森崎實壽)가 편집 및 발행하고 유달단카회(儒達短歌會) 동인들이 편찬한 가집이다. 목포의 '유달단카회'가 1933년 작품집으로 간행한 것인데 실제로는 1934년 7월에 간행되었다. 목포의 대표적인 단카 문학결사로서 1932년에 만들어져 활동 3

년째를 맞이하는 가인들 14명의 단카를 모아 가집 간행을 기획하였다. 단카의 창작과 올바른 인격과 생활의 관계를 「서」에서 논하며 가풍(歌風)이 다를지언정 가도(歌道)를 늘 인식하면서 단카에 정진하고자 한 자세가 두드러진다. 1930년대 전반의 목포라는 한 지역의 단카 문학결사의 행보와 그 단카의 지향성을 이해할 수 있는 자료이다.

『가집 낙랑(歌集 樂浪)』은 가인 도쿠노 쓰루코(德野 鶴子)가 자신의 단카를 모아 1936년 8월 도쿄의 버드나무사에서 '버드나무총서 제27편'으로 간행한 것이다. 이 가집의 「권말소기(卷末小記)」를 보면 버드나무 단카회 소속으로 1927년부터 단카를 시작한 작가가 1928년부터 1936년까지의 단카를 모아 이 중 341수를 선별하여 만든 것으로 '실은 세상에 낸다기보다도 자기 자신의 기념으로서 과거 기록을 남겨두겠다'는 마음으로 간행한 것이다. 「낙랑」이라는 이름은 '낙랑 예술품에 대한 동경의 뜻과 조선에 대

[그림 13] 가집 『낙랑』의 표지

한 애착의 심정을 표상'했다는 도쿠노 쓰루코의 말을 통해 알 수 있듯이 조선을 '나의 고향'이라고 생각하며 조선의 흙으로 돌아가겠다는 술회를 통해 조선과 조선 문화에 대한 애착을 시사하고 있다.[19]

다음으로 1935년도에 간행된 『조선풍토가집(朝鮮風土歌集)』인데, 이 가집은 한반도에서 나온 최대의 가집이라 할 수 있다. 이 가집은 가인이자 진인사 동인이며 반도가단의 개척자라고 일컬어졌던 이치야마 모리오가 1935년에 진인사 창립 12주년 기념출판물로 동출판사에서 간행하고 다음해인 1936년 조선공론사(朝鮮公論社)에서 제2쇄로 출판하였다. 『조선풍토가집』은 이치야마 모리오가 당시 조선에 거주하거나 과거에

거주하였던 가인, 여행자, 조선과 관계가 있는 가인들의 작품 중 조선색이 강한 작품을 유파불문하고 조사, 채록한 것인데 메이지(明治), 다이쇼(大正), 쇼와(昭和)기 등 모든 시기를 망라하고 있다. 특히 이 가집은 단지 채록의 범위를 일본인에 한정하지 않고 김응희(金應熙), 장병연(張秉演), 정지경(鄭之璟), 최성삼(崔成三) 등 조선인이 노래한 단카들도 포함하고 있다는 점이 이채롭다.

『조선풍토가집』이 1935년 간행된 된 배경에는 편자인 이치야마 모리오가 조선관련 단카 중 '조선풍물'을 읊어 '조선색(朝鮮色)'이 잘 드러난 작품을 선별했다고 강조하는 곳이나, 가와다 준(川田順)의 서문에서 '이런 종류의 가집은 로컬 컬러가 차분히 드러나 있지 않으면 무의의하다'고 한 부분에서 볼 수 있듯이, 조선 풍토와 이국적 정조가 한 지역인 조선이라는 특이한 토지라는 관점에서 로컬 컬러로서 강조되는 바가 있다. 이는 당시 제국일본의 확장구도 속에서 문학이나 미술 분야 등에서 지방문화로서 아니면 지방색으로서 조선색을 강조하고 있었던 문화 담론에 강한 영향을 받고 이를 단카라는 분야에서 이를 발굴, 유통시키고자 하는 시대적 문맥이 잘 드러나 있다. 이렇듯 이 가집은 당시의 일본예술계에서 지방문화로서 로컬 컬러를 강조하는 시대적 문맥을 잘 반영하고는 있지만 한편으로는 양적으로도 질적으로도 조선, 조선인, 조선문화를 종합적으로 묘사한 최대 단카집으로 위치한다고 할 수 있다.

『잣(松の實)』은 이소베 모모조(磯部百三)의 단카를 실은 개인 가집(家集)으로 1937년 2월 경성의 '이소베 모모조 선생 가집 간행회(磯部百三先生歌集刊行會)'에서 간행한 것이다. 이소베 모모조는 일본 우지야마다시(宇治山田市)에서 중학교 국어교사로 재직하면서 단카와 하이쿠 창작에 종사하다, 1917년에 조선총독부의 초빙으로 조선에 건너와 조선총독부 학무국 편

집과(學務局編輯課)에서 교과서 편찬 작업을 수행하게 되었다. 그 후 1923
년에는 총독부 편수관(編修官)직을 사직하고 양정(養正)고등보통학교에서
교편을 잡았던 인물이다. 경성 가단에서 높은 덕망을 가지고 있던 이소
베 모모조의 기념 가집 간행에 관한 논의는 이미 4,5년 전부터 있었으
나 여의치 않았는데 1935년에 정식으로 간행회가 만들어져 본격적인
간행 작업이 이루어졌다. 이 가집의 장정에는 이소베의 의견에 따라 가
능한 한 '조선색'을 낼 수 있도록 조선 고대의 문양을 사용하였고 사진
에도 금강산 잣을 싣고 있다. 그리고 이 가집의 이름을 '잣'으로 정한
데에는 '조선 명물, 불로장생의 잣을 표제로 한 이 가집을 읽는 사람들
의 마음속에 이 열매가 싹터 불후의 생명을 전함과 더불어 쇼와(昭和) 조
선의 만요(萬葉)가 될 수 있도록' 기원한 내력을 밝히고 있다. 중학 시절
의 제자인 교토제국대학 교수이자 국문학자인 오모다카 히사타카(澤瀉久
孝)가 「발문」을 담당하였다.

다음으로 『가집 조선(歌集朝鮮)』은 가인(歌人)인 미치히사 료(道久良)가 편
집한 가집(歌集)인데 경성 진인사에서 1937년 3월 31일에 '경성 진인사판
『가집 조선』 제1집'으로 간행된 것이다. 이 가집의 모두에서 미치히사
료가 '조선의 자연과 인간에 대한 한없는 사랑으로부터 조선의 노래가
태어나지 않으면 안 된다. 돈벌이(出稼) 근성을 버려 버리라. 우리들이 올
바르게 살아가는 길이 그곳에 남겨져 있다'[20]는 구절을 본다면 진심으
로 조선의 풍물과 그곳에 사는 사람들의 감정을 주제로 한 종합시를 엮
어 당대 조선의 참 모습을 단카로 제시하고자 했음을 엿볼 수 있다.

『현대조선단카집(現代朝鮮短歌集)』은 『히사기』 계통의 가인으로 『산천
집(山泉集)』을 편집했던 스에다 아키라 외 네 명이 발기인으로 참가하여
편집한 가집으로 경성 '현대조선단카집간행회(現代朝鮮短歌集刊行會)'에서

1938년 발행한 것이다. 뒷부분에 나와 있는 「편집의 말(編輯の言葉)」을 보면 이 가집은 중일전쟁의 발발을 맞아 이 전쟁에 나선 '황군 장사들에게 바칠' 목적으로 1938년 2월 발기인의 회합이 이루어지고 가집간행의 취지서를 각 방면에 배포하였으며 신문 지상에도 게재하였다. 그래서 한반도 가단 각 결사의 찬동과 가인들의 투고에 의해 만들어진 것이 바로 이 가집이다. 이러한 취지를 반영하듯이 이 가집은 동아시아의 새로운 전쟁의 소용돌이 속에 조선가단에 있어서 단카의 지향성이 크게 변하고 있음을 잘 보여주고 있다. 즉 그 동안 조선에 대한 애착과 조선의 자연, 풍물에 대한 진지한 감동을 지향했던 조선의 가단이 중일전쟁을 맞이하여 이른바 전쟁 찬양과 이 전쟁에 동원된 병사들의 사기진작쪽으로 가풍이 크게 변용되고 있음을 보여주는 것이다. 즉 한반도 문단내에서 단카라는 전통시가 장르가 국민정신운동의 일환으로 새롭게 그

[그림 14] 『가집 성전』의 표지

역할이 설정되고 영원불멸의 조국에 그 혼을 바쳐야 할 대상으로 재설정된 것이다. 이러한 방향성의 전환과 더불어 조선 내 다양한 문인들의 활동이 이른바 국책에 크게 기울어감을 예상시키는 가집이라 할 수 있다. 이 가집에는 모두 86명의 가인이 참여하고 있으며 가인들 대부분은 재조일본인들이지만 김추실(金秋實), 이순자(李順子) 등 조선인 가인도 두명 참여하고 있다.

『가집 성전(歌集聖戰)』 역시 조선 진인사의 대표적인 가인 미치히사 료가 저작 및 발행한 가집인데 경성 진인사에서 1938년 9월 15

일에 간행한 것이다. 이 가집은 모두에 '보잘 것 없는 가집 성전을 대륙에서 싸우는 또는 싸웠던 충용(忠勇)한 육해군 장병과 전몰장병의 영혼에 바친다'[21]고 나와 있듯이 중일전쟁 당시 전쟁의 당위성과 전의의 고양, 전쟁의 추이를 현장감 있게 노래한 것이다. 따라서 이 가집은 중일전쟁 1년간을 현장감 있게 기록한 기록문학적 성격을 가지고 있지만 1940년대 활발하게 만들어진 태평양전쟁기 전쟁찬미의 국책문학적 성격을 동시에 가지고 있었다고 할 수 있다.

이상에서는 1930년대 한반도에서 간행된 가집들을 통해 한반도 가단의 성격을 짚어보았는데, 우선 1930년대 전반에는 1920년대 후반 이후의 흐름을 이어받아 단카 전문 잡지에 기반한 4대 단카 유파들이 각각 사원들의 단카를 종합하고 선별하여 각 사(社)의 대표적 가집 간행을 위해 노력한 점을 지적할 수 있다. 그리고 중반으로 접어들면 각 유파와 결사를 아울러 조선 풍물과 조선 사람 등 '조선적인 것'을 단카로 종합하여 드러내려는 시도가 한반도 전역은 물론 일본 가단과의 연계 속에서 대규모로 시도되며 로컬 컬러와 결부되는 '조선색'이 단카계에서도 발신되었다. 그러나 중일전쟁이 발발하고 1930년대 말로 접어들면서 전쟁의 색채가 짙어지고 이는 단카 작품에도 반영되어, 조선적인 것에 애착을 느끼던 가인들이 전쟁에 동조하고 국책에 협력하는 가집을 편찬하기에 이른다.

그리고 1940년대가 되면 두 편의 가집이 현존하는 것으로 확인되고 있는데 1930년대 말의 전쟁찬미라는 국책문학적 성격은 1940년대에 들어 더욱 분명해진다고 할 수 있다. 이는 한반도의 가단이 전쟁과 국책이라는 시류에 적극적으로 편승해 간 결과일 것이다. 이러한 특징은

『가집 조선』이나 『조선 가집 서편 맑은 하늘』을 창작하여 조선문화와 조선인, 조선의 자연에 대한 깊은 이해를 도모하였던 미치히사 료가 『가집 성전』을 통해 이른바 15년 전쟁기 이후 점차 소용돌이 속으로 휘말려가는 당시의 시류에 적극 편승한 예를 통해 알 수 있다.

이처럼 1920년대부터 1930년대에 걸쳐 다양한 활동과 가풍(歌風)을 전개하던 한반도의 단카 종사자들은 1941년 문예 잡지의 폐간과 장르별 한 종의 잡지 간행만 허용한다는 당국의 결정에 따르게 되는 것이다. 1941년 국민시가연맹이 조직된 이후 일제 말기에 이르기까지 시가 잡지는 『국민시가』로 일원화되고, 단카 작품도 국민시가발행소에서 발행하는 '애국' 혹은 '국책'에 부응하고자 기획된 작품집에 한정되어 실리게 된다.

# ▋제2장 주석

1) 엄인경 앞의 논문(「20세기초 재조일본인의 문학결사와 일본전통 운문작품 연구-일본어 잡지 『조선지실업(朝鮮之實業)』(1905-1907)의 <문원(文苑)>을 중심으로」).

2) 1914년 4월 오노에 사이슈(尾上柴舟) 주재로 창간된 단카 잡지로 온화하고 이지적인 가풍을 특징으로 하며 수많은 동인들에 의해 지탱되었고, 2013년 창설 100주년의 해를 맞았다.

3) 大島史洋 外編, 『現代短歌大事典』(三省堂, 2000), 「고이즈미 도조(小泉苳三)」 항목, pp.225-226.

4) 太田靑丘 外編, 『昭和萬葉集 卷一』(講談社, 1980), 「작자 약력(作者略歷)」, p.358.

5) 호소이 교타이(細井魚袋, 1889-1962년). 본명 고노스케(子之助). 지바 현(千葉縣) 출신. 『미즈가메』시절 오노에 사이슈(尾上柴舟)에게 사사하였고, 1921-1924년에 경성에 있으면서 『진인』을 발행하였으며, 일본으로 돌아간 후에도 이 잡지에 진력하였고 개인 가집에 『오십년(五十年)』이 있음. 앞의 책(『現代短歌大事典』) p.535에 의함.

6) 앞의 책(『現代短歌大事典』) p.321에 의함.

7) 이치야마 모리오(市山盛雄, 1897-?년). 야마구치 현(山口縣) 출신. 노다 간장(野田醬油, 현재의 깃코만(キッコーマン)의 조선출장소장, 인천공장장을 역임한(井村一夫「眞人歌人抄錄-市山盛雄氏」『眞人』第9卷第1號, 1933.1, p.32.) 인물로, 1973년의 논저도 확인되므로 그 때까지는 생존했던 것으로 보인다. 이치야마가 단카를 짓기 시작한 것은 1922년 병으로 입원했을 때이며 그 직후『옅은 그림자(淡き影)』라는 개인 가집을 출판하였다. 그밖에도 『회향꽃(茴香の花)』이라는 가집도 있었으며, 『한향(韓郷)』은 그 가집에 대한 비평이 『진인』 제9권 제11호의 특집호가 될 만큼 반항이 컸다.

8) 相川熊雄, 「半島歌壇と眞人の展望」, 『眞人』第10卷第7號, 眞人社, 1934.7, pp.14-15.

9) 道久良「朝鮮の歌」『眞人』第15卷第2號, 眞人社 1939. 2. pp.31-33. 미치히사는 조선을 사랑하고 조선에 뼈를 묻을 각오가 된 사람에게서 비로소 조선이 맛을 담아내는 단카가 나온다는 취지의 내용을 제시한다. 1930년대 후반부터 1940년대에 걸쳐 반도가단의 책임자적 입장을 천명하고 있다.

10) 小西善三 編, 『歌林』第2卷第1號, 朝鮮新短歌協會, 1934. 표지의 「宣言」에 '『가림』을 결성하고 진지한 정진에 반년을 보냈다',와 「作品檢討」(pp.18-19)에 가림2,3,4輯이라는 표기

등이 보인다.

11) 岡崎靖雄, 「毒つれづれ」, 『歌林』第2卷第1號, pp.2-5.

12)  앞의  책(『現代短歌大事典』), 「口語短歌」(p.228), 「新興短歌運動」(pp.320-321), 「新短歌」
    (p.323) 항목 참조

13) 岩下靑史, 「短歌用語の問題」, 『歌林』第2卷第1號, 朝鮮新短歌協會, 1934, pp.8-10.

14) 道久良, 「編集後記」, 『朝』10月号, 『朝』發行所, 1940.10, p.33.

15) 山口豊光, 「歌集「韓鄕」風景」, 『眞人』第9卷第11號, 眞人社, 1933.11, p.20.

16) 名越那珂次郎 「跋」 『高麗野』, 大阪屋号書店, 1929.11.

17) 道久良編, 『歌集 朝鮮』眞人社, 1937, p.100.

18) 末田晃, 柳下博, 『久木歌集 山泉集』, 久木社, 1932.1.

19) 德野鶴子, 「卷末小記」, 『歌集 樂浪』ボトナム社, 1936, p.4.

20) 道久良, 『歌集 朝鮮』, 眞人社, 1937, 속표지.

21) 道久良, 『歌集 聖戰』, 眞人社, 1938, 속표지.

# 『국민시가』의 탄생과 한반도의 일본어 '국민시가'론

## 1. '국민문학'론의 부상과 국민시가연맹 성립의 배경

1940년대 초반은 한반도에서도 '국민문학'론이 왕성히 일어난 시기이다. 물론 '국민문학'론이 부상된 것은 이때가 처음은 아니며, 일본어 문학의 경우 '국민문학'은 대략 세 시기를 검토해야 할 것이다. 우선은 1890년대 중엽으로 청일전쟁 승리와 더불어 내셔널리즘이 고양되는 시기이다. 그리고 두 번째가 1930년대 말부터로 전쟁을 수행하며 천황제를 강화하는 실천으로서 총력적을 지탱하는 운동의 하나로 전개된 국민문학 운동이라 할 것이다. 그리고 세 번째는 1950년대로 미군 점령 하에서 독립을 둘러싼 논의가 활발해지며 진행되었다.[1]

각 시기마다의 '국민문학' 개념이 일정하지 않았고 동시대에 있어서도 다양한 개념이 혼용되고 있었다는 점에 유념을 하면서 두 번째로 '국민문학'론이 부상한 태평양전쟁 전후의 시기를 살펴보기로 한다. 이

책이 다루는『국민시가』의 시기이기도 하며 그간의 일본어 '국민문학' 담론의 가장 중심적 텍스트였던 최재서 주재의『국민문학』에 비해 선행한『국민시가』에는 당연히 시대를 선도하는 '국민문학'론이 '국민시가'론으로 개진되어 있었다.

'국민문학' 범주에서 한반도에서 1940년대에 창작된 '국민시'는 이광수나 주요한, 김종한과 같은 주요 시인들의 일본어시를 중심으로 연구되었다. 이에 관한 연구로 최현식과 이주열, 허윤회의 논고2) 등을 들 수 있겠다. 그러나 이광수의 경우만 하더라도『국민시가』현존호를 확인한 바에 따르면 시가「목소리(聲)」,「아침(朝)」,「나의 샘(わが泉)」,「현시반(現示班)」,「선전(宣戰)」의 5편이 수록되어 있는데 이 중「현시반」과「선전」두 편은 한국인 작가의 일본어 작품을 망라했다고 하는 최대 자료집『근대 조선문학 일본어 작품집』3)에도 누락되어 있었다. 이를 2013년 3월 『한반도 간행 일본 전통시가 자료집』(전45권, 도서출판 이회)에서 발굴 자료로 처음 제시하였다.

최근 최현식에 의해 비로소 한국문학 연구자 입장에서『국민시가』라는 잡지의 성격과 이데올로기를 논하며 이 잡지의 가치가 재조명되었고, 앞의 네 편이 번역 소개된 바 있다.4) 그리고『국민시가집』에 실린「선전」이라는 시는 이번 번역 작업에서 처음 소개되는 것이며 그밖에도『국민시가』에 수록된 조선인 시인들의 시들은 아직 연구의 대상으로 취급되지 못했다.

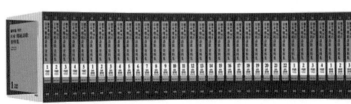

[그림 15]『한반도·중국 만주지역 간행 일본 전통시가 자료집』(전45권), 도서출판 이회, 2013.3.

이처럼 시 분야에서도 『국민시가』가 선년적으로 연구대상이 되시 못한 것을 물론, 이 잡지의 더 큰 축이었다고 할 수 있는 단카 쪽에 관한 연구는 개무에 가까웠다. 그러나 앞서 살펴본 것처럼 일찍이 20세기 초두부터 한반도에서 문학결사가 조직되어 40여 년에 이르도록 한반도에서 오랫동안 명맥을 유지하던 일본어 문학은 전통시가, 즉 단카나 하이쿠 등의 장르였다. 20세기 초기 한반도에서 창작된 일본 전통시가에 관해서는 1905년-1907년까지 부산에서 간행된 일본어 잡지 『조선의 실업(朝鮮之實業)』의 「문원(文苑)」란에 실린 재조일본인들의 단카나 하이쿠를 분석하거나,[5] 러일전쟁을 전후한 1902년부터 1906년 사이에 간행된 『한국교통회지(韓國交通會誌)』와 『한반도(韓半島)』라는 일본어 잡지에 게재된 일본어 작품 전체가 분석[6]된 바 있다. 이 시점을 전후하여 시작된 한반도의 단카 문학사는 약 40년 가까이 한반도에서 지속되었으며 국민시가연맹에 의해 '시가(詩歌)'라는 명목 하에 시와 통합되었다.

앞 장에서 자세히 살펴본 것처럼 20세기 초두부터 한반도 각지에서 조직된 문학결사는 꾸준히 단카와 하이쿠 같은 일본 전통 운문을 창작하였으며, 리더격의 가인(歌人)이나 하이쿠 작가를 중심으로 꾸준한 단카 창작과 하이쿠 창작 활동, 즉 작가(作歌), 작구(作句) 활동을 하였다. 1920년대를 거치면서 한반도의 단카와 하이쿠, 센류(川柳) 등의 기반은 점차 확대되어 '내지(內地)' 일본의 가단(歌壇)이나 하이단(俳壇)과 상당한 영향 관계를 주고받을 만큼 성장해 갔고,[7] 조선인 작가도 점차 확보하게 되었으며,[8] 조선의 마사오카 시키(正岡子規)로 칭해질 만큼 높이 평가되며 '내지' 일본의 하이쿠 잡지 『호토토기스(ホトトギス)』에도 하이쿠가 다수 채록된 박노식(朴魯植)[9]과 같은 걸출한 조선인 하이쿠 작가까지 배출하게 된다. 또한 1930년 초중반에는 이미 그 이전에 형성된 유파별 문학결사

조직내, 혹은 조직간 경합 양상을 보이며 경쟁적 작품 활동을 개진해 나간 정황 역시 문헌 자료들을 통해 포착할 수 있다.

단적인 예로 앞서 서술한 것처럼 단카에서는 정형 단카를 주장한 유파 외에 자유율 구어체 단카를 실천한 조선신단카협회(朝鮮新短歌協會)라는 조직과 그 기관지인 『가림(歌林)』10)이라는 단카 잡지가 간행되었다. 또한 하이쿠 쪽에서도 정통이라 일컬어지는 호토토기스 파와 신흥(新興) 하이쿠 파의 이론 충돌이 한반도에서도 격심했던 것을 알 수 있는 기사들이 있으며, 그 중간자적 유파로서 일본에서도 상당한 세력을 형성한 샤쿠나게(石楠) 파가 조선샤쿠나게연맹(朝鮮石楠聯盟)을 조직하여 그 기관지 『장승(長栍)』11)을 6년간 충실히 하이쿠 잡지를 간행하며 조선에서 큰 실력을 행사하기도 하였다.

이렇게 활황을 보이던 한반도 내의 일본 고전시가 장르의 창작 및 향수 활동이었지만, 이윽고 중일전쟁이 개시된 이후인 1930년대 말부터 물자부족현상 등으로 인하여 문예잡지의 간행 자체가 점차 곤란해지면서, 1940년 하반기에는 장르별 잡지의 통합에 관해서 협의가 관계자들 사이에서 이루어지게 된 것이다. 결국 1941년 6월 총독부 당국의 명령으로 발행중인 문예 잡지들은 모두 폐간하게 되었고, 장르마다 유파를 초월한 대표적 문예잡지로 통합되는 과정을 걷는다. 그리고 그 과정을 거쳐 국민총력조선연맹문화부(國民總力朝鮮聯盟文化部) 지도하에 7월 국민시가연맹이 결성되었고, 단카와 시 장르를 통합하여 9월, 조선 유일의 시가잡지12) 『국민시가』의 창간을 보게 된다.

[그림 16]은 앞에서 1930년대 한반도 가단의 다양성을 살펴볼 때 이미 제시하였는데, 이 명단 중 박스로 체크한 세 사람, 즉 진인 계통의 미치히사 료(道久良)와 히사기 계통의 스에다 아키라(末田晃)는 『국민시가』

의 편집과 발행을 담당하게 되고, 『버드나
무』 계통의 모모세 지히로(百瀨千尋)는 조선
문인보국회의 단카부 회장이 되므로 이들
을 1920년대부터 1943년에 이르기까지
한반도 가단의 중추적 인물이었다고 볼
수 있다.

『국민시가』는 1941년 9월호의 창간호,
10월호, 12월호(11월호는 간행되지 않음),
1942년 3월에 국민시가연맹의 제1작품집
이자 3월 특집호로서 『국민시가집(國民詩歌
集)』, 1942년 8월호(제2권 제8호), 1942년
11월호(제2권 제10호)의 간행이 확인되었다.
현존본 『국민시가』는 이상의 여섯 호이지
만, 임종국에 따르면 1944년 4월에 6월호
편집에 관한 시부회가 있었고 5월호 비판
과 7월호 특집호 결정 등이 이루어졌다고
하므로[13] 조선문인보국회 탄생 후에도 시
가 전문잡지로 존속했던 것을 알 수 있다.

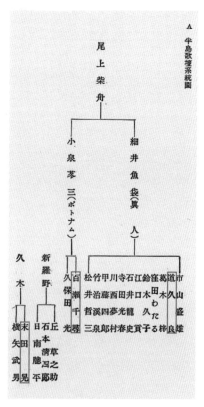

[그림 16] 한반도 가단 계통도

그리고 위 1943년 4월 18일자 『경성일보(京城日報)』 신문 기사에서 보
듯, 1943년 4월 17일 조선문인보국회가 결성되고 그 식이 거행되었으며
임원들이 발표되었다.

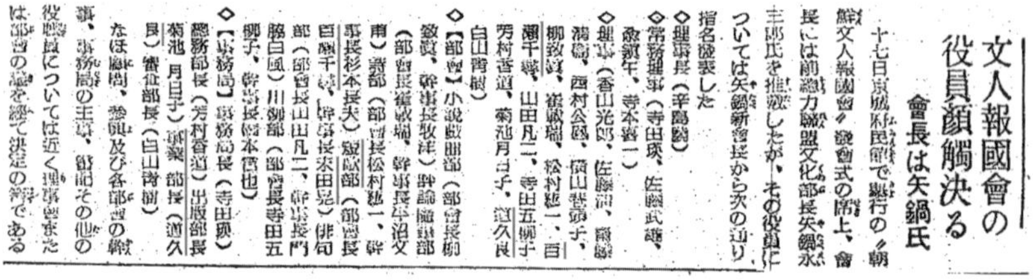

文人報國會の
役員顔觸決る
會長は矢鍋氏

[그림 17] 1943년 4월 18일자 『경성일보』 2면

일제 말기 조선문인보국회의 임원을 맡은 조선인으로 유진오, 유치진, 최재서의 이름이 우선 눈에 들어오며, 가야마 미쓰로(香山光郎, 이광수), 마키 히로시(牧洋, 이석훈), 마쓰무라 고이치(松村紘一, 주요한), 히라누마 분포(平沼文甫, 윤두헌) 등 창씨개명한 조선인 문인들의 이름도 확인되며 한국 문학 연구계에서 이들의 행적과 친일성에 관한 연구가 이루어진 것은 주지의 사실이다.

하지만 필자는 조선문인보국회의 부회가 소설, 평론, 시, 단카, 하이쿠, 센류로 장르를 여섯으로 나누어 구성되어 있고, 전체 이사나 사무국에도 이 여섯 장르의 대표자들을 골고루 배치하고 있다는 점에 주목하고자 한다. 1943년 당시 단카, 하이쿠, 센류라는 일본 전통시가 장르가 조선 문단 전체의 반 이상을 담당하는 큰 영역이었다는 점을 알 수 있기 때문이다. 역으로 본다면 조선문인보국회를 논할 때 단카, 하이쿠, 센류 문단 출신의 재조일본인들에 관해 설명하지 못하면 일제 말기 한반도 문인들의 총결집이라 할 수 있는 이 단체의 절반밖에 이해하지 못하는 셈인 것이다.

앞의 1933년도 한반도 가단 계통도에서 체크한 세 사람의 주역인 모모세 지히로, 미치히사 료, 스에다 아키라는 1943년 조선문인보국회에서도 단카부의 대표이자 전체의 이사로 거명되고 있는 점에서도 단카의 대표자들이 문인 단체에서 상당한 위상이 있었던 것을 알 수 있다. 그리고 미치히사 료와 스에다 아키라는 본서에서 다루는 『국민시가』의 대표자들이지만, 모모세 지히로는 다른 단카 단체 ── 자료 부족으로 확정할 수는 없지만 아마도 조선가인협회(朝鮮歌人協會)라는 단체일 것으로 추측 ── 에서 활동하다 이 시기가 되어서 비로소 단카부회에 배치되면서 미치히사, 스에다와 조우하게 된다. 특히 『버드나무』 경성파의 핵심인물 모모세와 『진인』 경성파의 핵심인물 미치히사의 1943년 이 조우는, 앞서 살펴본 한반도 가단의 전개되기 시작한 시점에 『버드나무』와 『진인』이 서로 결별하였던 앙금이 20년 가까이 한반도의 가단 자체를 분리시켰을 가능성을 암시한다.

어쨌든 조선문인보국회 임원들 중 이사역의 이광수(가야마 미쓰로), 이사와 사업부장을 겸한 미치히사 료, 시(詩)부의 부회장 주요한(마쓰무라 고이치)과 간사장 스기모토 다케오(杉本長夫), 단카부의 간사장 스에다 아키라, 평론부의 간사장 윤두헌(히라누마 분포) 등은 『국민시가』를 기반으로 활동한 문인 계열이다. 이렇게 보면 1941년 기존의 문예잡지가 폐간된 이후부터 1943년 강력한 문인단체로서의 조선문인보국회가 탄생하기까지, 국민시가연맹에 의한 『국민시가』는 한반도에서 창작된 일본어 시가 문학의 가장 중핵이 되는 문학 매체였다고 할 수 있다.


## 2. 『국민시가』의 창간 목적

'국민시가'라는 개념 자체는 국민시가연맹의 탄생과 더불어 새로이 창조된 것이다. '국민'은 다나카 하쓰오(田中初夫)가 「국민문학 서론(國民文學序論)」에서 '국민이라는 의식이 왕성해진 것은 극히 최근'이라고 인지하듯, 중일전쟁 이후 급부상한 최신 개념이며, '조선에서도 우리 반도 재주(在住) 작가들은 일본 국민문학 수립의 기운에 부응하여 일본 국민의 일원으로서 국민문학 수립을 위해 노력해야 한다'14)고 반도의 작가가 일본 국민의 일원임을 역설하고 있다.

그때까지 내지의 문단과 밀접한 연계를 가지며, 또한 일부 인적 공유는 있을 수 있었으나 장르상의 독자적 행보를 가져오던 한반도의 시단과 가단 두 문단은 1941년 문예잡지의 폐간을 맞아 급거 '시가'로 묶이는 현실에 처하게 된다. 어쨌든 기존 잡지의 폐간 이후 가장 빠른 행보를 보인 것은 하이쿠 문단(俳壇) 쪽으로 6월 조선하이쿠작가협회(朝鮮俳句作家協會)를 결성하면서 기관지인 하이쿠 잡지 『미즈키누타(水砧)』를 7월에 창간하였다. 『미즈키누타』라는 하이쿠 잡지에 관한 해제에 따라 「조선하이쿠작가협회강령(朝鮮俳句作家敎會綱領)」을 보면 '일본문학으로서의 전통을 존중하는 건전한 하이쿠의 보급, "국민시"로서의 하이쿠 본래의 사명 달성, 하이쿠를 통한 시국하 국민의 교양'을 목적으로 하고 있으므로 당시의 '국민시가'의 논리와 부합하나 반도의 하이단(俳壇)과 가단(歌壇)의 통섭에 관한 맥락은 보이지 않으며, 하이단 내의 유파 통합에 의한 단일 장르 잡지 간행을 달성하는 것이 급선무였던 것으로 보인다.15)

일본 고전시가 장르라는 점에서 단카와 그 거리가 가까운 하이쿠와 조선 하이쿠 문단의 1940년 전후의 동향에 대해서는 이 책에서 전면적으로 다룰 수는 없으나, 일단 '미즈키누타'가 날이 풀린 봄날 개울이나 냇가에서 조선의 아낙네들이 두드리던 '빨래방망이'를 의미한다는 점에서 조선의 하이쿠임을 드러내지 않을 수 없었다는 점 정도만 지적해 두고자 한다.

어쨌든 기존 유파의 통합뿐 아니라 시와 단카라는 장르의 합체까지 이루어내야 했던 『국민시가』의 성립은 유파간의 갈등을 극복하고 단일 장르에 기반하여 빠른 시간 내에 출발한 하이쿠 잡지 『미즈키누타』보다는 조금 지체되었다. 그러나 반년 이상의 공백 기간을 거치며 진통 끝에 11월에 창간된 『국민문학』 보다는 두 달이나 이른 시기에 창간되었으며, 『국민시가』 창간 자체와 시가론에 기반한 '국민문학'론은 『국민문학』 성립에 일정한 자극이 되었을 것으로 추측된다. 최재서(崔載瑞)는 『국민문학』 편집후기에서 창간호가 11월에 나오기까지의 어려움을 토로하며 '문단 공위 시대(文壇空位時代)'16)라고 표현하였다. 물론 이는 조선인 산문 작가들의 주요 활동 무대로서의 문단을 일컫는 것이겠지만, 하이쿠 장르와 시와 단카를 통합한 시가 장르의 잡지가 '국민시', '국민시가'를 주창하면서 각각 4개월, 2개월 선행되어 창간된 정황은 최재서를 위시한 『국민문학』 관여자들에게 소설 장르 발표의 장이 없다는 초조감과 자극을 주었을 것으로 추측된다.

문예잡지 『국민시가』는 권두언은 없고 창간호 「편집후기」에 국민시가연맹 결성의 경위와 목적 등이 명시되어 있는데, 잡지 발행의 목적은 '고도의 국방국가체제 완수에 이바지하기 위해 국민총력의 추진을 지향하는 건전한 국민시가의 수립에 노력'하는 것으로 명시되었다. 그리고 조선이라는 '재주지의 초심자들 지도를 위해' 종합잡지이면서도 회원잡지의 형태를 겸하는 까닭을 밝히고 있다. 한편으로 '내지' 일본에서 이루어진 가단의 통일체인 대일본가인회(大日本歌人會)가 종래의 결사조직에 여전이 중점을 둔 것에 비해, 조선의 국민시가연맹은 기존의 모든 결사가 해산하여 결성된 것으로, 결사의 대변자적인 관계를 떠나 기존의 결사 중심적 의식을 청산하고 공정한 문학행동을 할 것을 중앙에서 떨어진 원격의 땅에서 '내지'를 향해 발신한다는 '반도 문학'의 긍지도 드러내고 있다.17) 『국민시가』는 명실상부 '반도 시가단의 최고 지도기관'이자 '시가단의 유일한 공기(公器)'18)임을 자부하고 있었는데, 요컨대 『국민시가』는 식민지 한반도에서 간행된 마지막 일본어 시가 전문잡지였다고 정리할 수 있겠다.

잡지 『국민시가』는 주로 문학론, 시가론, 연구논문, 수필성 잡기, 창작 단카 작품, 창작 시 작품, 전호에 게재된 작품의 세세한 평가, 편집 후기 등으로 구성되어 있다. 시가 전문잡지답게 『국민시가』의 가장 중심은 창작 단카와 창작 시 작품이며 현존본 여섯 호의 창작 단카와 시의 작자 수 및 작품 수를 정리하면 아래의 [표 3]과 같다.

[표 3] 『국민시가』 현존본 여섯 호의 창작 시가 일람표

|  | 1941년 9월(창간)호 | 1941년 10월호 | 1941년 12월호 | 1942년 3월(특집)호 | 1942년 8월호 | 1942년 11월호 |
|---|---|---|---|---|---|---|
| 歌人 | 91명 | 74명 | 70명 | 113명 | 47명 | 37명 |
| 歌數 | 367수 | 290수 | 295수 | 280수 | 223수 | 254수 |
| 詩人 | 24명 | 35명 | 18명 | 47명 | 16명 | 20명 |
| 詩數 | 24편 | 35편 | 18편 | 47편 | 16편 | 20편 |

전체적으로 시(詩)와 단카의 균형을 맞추려는 편집방침과 배치 의도가 드러나기는 하지만, 인원의 면에서나 실제 편집의 주도권은 시보다는 단카 쪽에 있다고 판단된다. 그렇게 판단하는 주요한 요인은 첫째, 가인의 수와 단카의 수가 시에 비해 많은 점, 『국민시가』 현존본 6호의 편집겸 발행인이 가인 미치히사 료로 명시되어 있는 점, 편집의 책임 소

재를 의미하는 「편집후기」도 1941년은 미치히사가 쓰고, 1942년에는 역시 가인 스에다 아키라가 쓰고 있다는 점 등이다. 즉, 기존 가단의 조직화와 창작 인프라가 시단보다 확고했다는 증거일 것이다. 둘째로는 '국민시가'에서 그 정통성을 좌우하는 가장 중요한 요소인 일본 시가문학의 '전통'과 '역사'에 단연 장르로서 단카의 우세가 두드러진다는 점을 들 수 있다.

## 3. '단카(短歌)' 주도에 의한 시가(詩歌)의 통합

이제 『국민시가』에서 별도로 문단을 형성하여 존재하던 '단카'와 '시'가 '시가'로 합체되는 과정을 천착하고자 하는데, 바로 앞에서 말한 단카 쪽의 주도로 평가하는 두 가지 요인에 대해 좀 더 상술하기로 한다.

우선 첫째 요인인 한반도 가단의 확고한 창작 인프라는 40년간 구축된 문예지, 혹은 매체 문예란의 모집 단카 등의 선발과 심사, 평가 시스템이 『국민시가』에도 도입되어 있다는 점에서 증명된다. 이는 시가를 포함한 '국민문학'에서 강조되는 '실천'과 '지도성'에 매우 적합한 시스템으로, 창간호 이후 매호마다 잡지 간행의 주축이 되는 가인들이 회원의 단카에 상세한 선후평(選後評)을 하는 것에서도 잘 드러난다.

둘째 요인에 대해서도 역시 상술이 필요한데, 일본 시가문학의 '전통'과 '역사'는 일본이 국가로 성립된 '2,600년의 전통을 가지는 일본 정신문화의 강고함'[19]을 사실화하고 그 건전성을 일찍이 보여준 1,300년 전에 등장한 대(大) 가집 『만요슈(万葉集)』의 존재에서 확고히 담지된다. 이 점은 『국민시가』의 논문에 『만요슈』에 담긴 단카와 주요 가인들에 대한

내용이 어떠한 가론보다 압도적으로 많다는 것에서 뒷받침된다. 다시 말해 창간호의 이론 「단카의 역사주의와 전통(短歌の歴史主義と伝統)」, 「오쿠라 소론(憶良小論)」, 10월호의 「단카의 역사주의와 전통-2-」, 12월호의 「단카의 역사주의와 전통-3-」[20]이 모두 『만요슈』와 그 전통성 및 영원한 역사성을 본격 다룬 평론들이다. 이 외에도 가론(歌論)의 경우는 거의 전부가 『만요슈』와 그 대표 가인들을 단카 모범이나 평가의 전거(典據)로 삼고 있음을 확인할 수 있다.

그러나 이에 비해 『국민시가』의 시 장르 쪽은 창간부터 초반까지는 창작시가 위주였고 단카 쪽보다 이론이 활발하거나 구체적이지 못한 면모를 보였다. 그러다 『국민시가』 창간 1주년을 지나면서, 시인 아마가사키 유타카(尼ヶ崎豊)를 중심으로 예술성과 가장 직결되는 문학 형태로서의 시가 강조되었다.

> 우리는 우리들의 시가 가지는 가치를 절대적인 것으로 우러러본다. …… 우리의 시는 영혼의 전령(全領)이다. …… 우리들의 시는 문화의 최고봉에 위치한다. 시는 일 국민, 한 민족, 아니 인류로부터 가까이에 있고 멀어질 수도, 없어서도 안 될 근간이자 나아가 한 나라의 운명을 좌우하는 힘을 갖고 있다. 시는 정치를 지도하고 종교, 교육, 예술, 전쟁, 이 모든 것을 유도하는 원천이라고 할 수 있다. …… 문화문예는 정치의 도구가 아니라 높은 의미의 정치 그 자체인 것이다. …… 훌륭한 시인의 시 속에는 반드시 개인을 훨씬 넘어선 뛰어난 지혜의 깨달음이 있다는 것을 확신해서 한 세대의 정치가, 한 시대의 지도자가 될 사람은 이러한 시의 참 뜻을 이해하지 못한다면 그 자격이 없다고 생각한다. …… 시는 혼의 전령이다. 시는 영혼의 전령이다. 시는 정신의 전부이다. 따라서 모든 정신에 앞서서 모든 정신을 관장한다.[21]

아마가사키는 인용부 앞에서는 발레리나 보들레르, 괴테 등의 유럽 시인들의 시에 관한 담론을 인용하면서, 시가 조국(일본)과 유기적 연계를 갖는다는 점, 온갖 전통, 신화, 언어, 풍속, 습관 등을 소홀히 여겨서는 안 된다는 일반 문학론을 표명하였다. 그러나 시가 혼(정신)의 영역을 전부 관할하는 지고성을 가진 것임을 강조하고, 국가의 운명을 좌우할 수 있는 가장 우월한 문화문예의 대표임을 분명히 하고 있다. '시'는 '가(단카)'를 포함할 수 있지만, '가'는 '시'를 포함할 수 없는 용어의 영역성과 보편성을 바탕으로 현대적 세계로 확대될 수 있는 '시'의 힘과 선도성에 가치를 부여하였다.

이렇게 『국민시가』는 단카가 가진 수 천 년의 역사와 전통성을 획득하게 된 시단과 시가 가진 광범위성과 현대성을 획득한 가단이 상호 '시가'라는 용어에 서로 암묵적으로 합의하며 탄생하였고, 한반도 일본어 시가문학의 공적인 장(場)이 되었다.


## 4. 『국민시가』 내부 논리

『국민시가』의 특히 1941년도에 간행된 세 호에는 세계문화와 국민문화, 일본문학과 '반도'문학을 이론적으로 정립시키려는 노력이 보이며, 단카의 역사성과 전통을 강조하면서 신체제하에 '건전'한 정신문화를 시가로 구현하고자 하였다. 권두론인 다나카 하쓰오의 「조선에 있어서의 문화의 존재양식(朝鮮に於ける文化の在り方)」에서 극명히 보이듯, 구체적으로는 영미류의 '세계문화'에 대조되는 독자적인 '국민문화' 건설에 매진하고, 일본문학과 '반도'문학을 이론적으로 정립시키려는 노력이 보

인다. 내지 일본의 문단에서 '국민문학'의 담론이 1930년대 이후부터 전후에 이르기까지 전개된 내용은 사희영의 정리[22]가 참고가 된다. 1940년 후반부터 내지에서 융성하게 된 '국민문학'론과 성립 논의 및 맥을 같이 하며 내지의 '국민문학'론 붐이 즉시 한반도 문단으로 파급되었다. 이것은 이미 지적이 된 바 있듯, 조선으로 파급된 '국민문학'은 쌍방의 '민족문학'에서 절단된 특이한 '국민문학'이 되면서 중층적으로 결정된 것[23]이라 볼 수 있다.

실제로 『국민시가』 창간호의 권두에는 「조선에 있어서 문화의 존재방식」이라는 장문의 글이 실려 있는데, 이는 국민총력조선연맹문화부 참사(參事) 다나카 하쓰오가 쓴 것으로, 다섯 장에 걸쳐 일본의 국민문화의 위치, 문화의 위치, 유구한 역사를 가진 신민(臣民)의 도리, '반도'에서 일본문화의 존재양식, '반도'의 국민문화 건설 등을 역설하고 있다. 전반부의 영·미 주축의 세계문화와 대치하는 일본 중심의 대동아문화의 역설은, 두 달 후인 1941년 11월에 창간된 『국민문학(國民文學)』의 권두론 오다카 도모오(尾高朝雄)의 「세계문화와 일본문화(世界文化と日本文化)」[24] 논지와 매우 비슷하다. 『국민문학』의 권두론 필자인 오다카 도모오와 권두시를 쓴 사토 기요시(佐藤淸)는 모두 경성제국대학 법문학부의 교수들이었고, 경성제대의 후광에 의한 이론과 영향력이 『국민문학』을 관통하고 있었다는 점에 대해서는 김윤식의 연구[25]가 상세하다. 『국민문학』에서 이루어진 좌담회의 중요 논리에 관한 연구가 이원동에 의해 이루어졌으므로,[26] 이 또한 1941년부터 1942년의 '국민문학'론이 부상한 정황을 이해하는 데에 참고가 된다. 또한 당시를 '전환기'로 인식하며 새 시대를 위한 새로운 문화론을 희구하는 점 역시 공통되므로 위의 논리는 1941년 후반에 '국민문화(학)'에 대한 일반적 논조라 볼 수 있다. 미하라 요시아키는 1941년 후반 무렵 반도에서 전개된 국민분학론은 슬로건적 요소가 강하며 아직 '이론' 레벨에는 도달하지 않은 것[27]으로 보고 있다. 그런데 다나카가 개진하는 반도의 풍토에서 일본 국민문화, 혹은 국민문학을 어떻게 창달해야 하는가에 관한 논지의 후반부에서 다음과 같은 난점이 엿보인다.

- 반도 문화는 일본 문화라는 자각이 첫째로 요청된다. …… 황국신민으로서의 자각은 일본국민이라는 자각이다. …… 내지의 대정익찬회에서는 전국을 몇 개의 지방문화 블록으로 구분하여 지방문화 진흥을 도모하고자 하고 있는데 조선을 이 지방문화 블록의 하나로 생각해도 좋을지 어떨지 하는 점이다.
- 이 지도방침에 포함되는 지방문화의 개념은 조선의 지역에는 타당하지 않다. …… 지방문화라는 것은 조선에 있어서는 경성 중심의 문화에 대한 지방문화로서만 존재하는 것으로, 반도의 문화 전체는 내지의 지방문화와는 그 사정을 달리한다.
- 반도에는 고래(古來) 일본문화와는 다른 조선의 전통문화가 있었다. 이것은 조선인 사이에 그 생활과 더불어 하나의 전통과 특수성을 가지고 있지만 이는 어디까지나 조선문화이지 일본문화는 아니다.
- 오늘날 이 반도에는 이와 같은 조선 문화와 지금 건설하고 있는 새로운 일본의 국민문화가 병존하고 있다. …… 지금 새롭게 황국신민이라는 자각 하에 새로운 일본 국민으로서의 문화를 구축하는 것은 조선문화를 부정하는 일도 아니며, 또한 그대로 받아들여 계승하는 일도 아니다. 조선의 전통은 일본의 전통은 아니다.[28]

'반도문화는 일본문화라는 자각'을 가져야 한다는 주장에서 시작하여 반도의 문화가 조선 문화이지 일본 문화는 아니라는 결론에 스스로 이르고 있다는 점을 주목해 보자. 이 시기 한반도의 국민문학이 일본의 국민문학과는 일치되지 않는 식민지적 국민문학으로서 갖는 모순과 균열에 대해서는 윤대석이 고찰[29]한 바 있다. 다만, 이 연구서에도 1940년대 전반기의 '국민문학'의 논리를 다루고 있음에도 불구하고『국민시가』에 관한 내용은 포함되어 있지 않다. 어쨌든 위의 인용 부분은 1941년 당시 조선 반도에서의 문화(학) 생활의 현실이 내지와 다름을 극명히 보여주는 대목이라 하겠다. 이러한 난점은 필연적으로 조선어와 '국어'(일본어)라는 현실적 사용 용어의 문제에 봉착하게 된다. 다시 말해 다나카 하쓰오라는 지도적 입장의 논자가『국민시가』창간호에서 '조선어 사용은 하나의 전통이다. 그러나 이 전통은 빨리 국어사용으로 치환되어야 한다'[30]고 반도 문화의 사명을 주창하면서도, 구체적 방법론은 제시하지 못하고 있는 것이다. 이것이 1941년 반도에서 국민문학론이 처한 현실이었고 동시대 다른 잡지에서도 인지되는 용어 사용의 '현실'과 국어(일본어) 사용의 '이상'이 서로 배치[31]되는 당시 한반도 문단의 상황이었다.

우선 그것은 '전통'에 대한 개념에서 비롯되는데, 시가 장르에는 일본의 단카, 다시 말해 가장 오래된 일본문학인『만요슈』라는 역사적 '전통'과 한반도라는 풍토가 가진 한반도의 역사적 '전통'이 병존하기 때문이다.『국민시가』창간호에서 단카나 시 작법에 구체적 제시가 이루어지지 못하고, 반도 현황에 대한 개탄에 비해 그 타개책이 모호한 것 역시 한반도에는 '일본의 전통'과 무시할 수 없는 역사와 풍토를 가진 '조선의 전통'이라는, 하나가 아닌 두 가지 전통이 내재되어 있는 것에 기반한다. 내선일체를 긍정하면서도 조선의 독자성, 또는 최대한 양보해서 병존을 주장할 수밖에 없었던 조선인 작가들과 일본인 작가들의 충돌은『국민문학』의 1942년 이후 평론에서도 지적되며 '국민문학'의 역사적 양가성에 대해서는 이미 치밀하게 논증[32]된 바 있다. 이처럼 '국민문학'으로서 '국민시가'가 존재하는 양식에 대한 당위론은 확고하나 한반도 문단에서의 적용성은 문제를 품은 채 출발했다고 볼 수 있다.

　그런데 주목할 점은 『국민시가』가 국민의 '시가'를 중심으로 하는 문예잡지이므로 오랫동안 한반도에서 명맥을 유지한 일본 전통시가 장르가 품어온 고민이 노정된다는 점에 그 특성이 있다. 조금 더 구체적으로 말하자면 『국민시가』의 편집과 발행을 주도한 단카 쪽 주요인물들이 펼치는 논리의 상충이 한반도에서 일본 고전시가가 '국민문학'으로 전개되어야 하는 어려운 상황을 대변해 주는 것이라고 볼 수 있는 것이다.

　『국민시가』는 기본적으로 단카 작품과 그 이론(가론)을 중심적으로 취급하고 있으므로, 일본 최고(最古)의 문학서 『만요슈』로부터 시작하는 일본의 고전과 전통 세계에서 '국민시가'의 보편성과 특수성을 찾으려고 하였다. 현존본에서 확인한 바로는 창간호를 비롯하여 1941년에 간행된 세 호에는 가론이나 단카 관련 평론이 시의 그것에 비해 압도적으로 많고, 1942년 8월호와 11월호에 시론이 증가한 것은 확인할 수 있지만 여전히 편집의 주도권과 작품에 선행하는 평론은 단카 쪽이 우세했다. 시론에서 약간의 발전상은 이야기할 수 있지만, 고작 일, 이백년 앞선 유럽 시인들의 담론을 인용하는 시론에 비해, 천삼백 년 이상의 역사를 갖는 단카의 원형과 이론에서 일본문학의 전통과 보편성이 확정된다. 그것이 이천육백 년 ― 간혹, 반올림되어 삼천 년으로 표현되기도 한다 ― 일본의 황기(皇紀) 역사와 그 황민(皇民)들에게 걸맞기 때문이다.

　1942년 이후 『국민시가』 편집을 담당한 가인 스에다 아키라는 『국민시가』 창간호부터 「단카의 역사주의와 전통」을 3회에 걸쳐 연재한다. 그는 이 연재 평론에서 『만요슈』의 생명력과 원동력 및 예술성을 예찬

하며, 전통의 혼과 일본적 정신으로 돌아갈 것을 역설했다. 『만요슈』에서 일본 국민문학의 원형을 확정하려고 한 가장 중심적 시도자라 할 수 있다. 이러한 시도는 대부분의 가론에서 보이는데 마에카와 사다오(前川勘夫)는 창간호의 평론 「일본적 세계관과 그 전개(日本的世界觀とその展開)」에서 '일본문학의 주조를 이루는 것은 와카(和歌), 하이쿠(俳句), 수필류, 특히 와카와 같은 단시형 서정시'[33]라는 식으로 일본 문학의 중심으로 와카를 보고 있다. 또한 10월호에서 구보타 요시오(久保田義夫)는 「안전의 가체(歌體)에 관하여—중세의 사생주의(眼前の體に就いて—中世に於ける寫生主義)」라는 논문을 통해 '와카의 역사는 늘 전통적, 고전적이며 어느 작가는 항상 비평가 한 명을 준비하고 있다'[34]고 와카의 전통성과 비평 능력을 확인하고 있다.

그런데 『국민시가』 내의 단카와 관련한 논의 중에는 일본 내 단카의 역사성 외에 다음과 같이 '조선'에서의 시가 창작이 가지는 의미성을 강조하고자 한 평론도 목격된다. 『국민시가』의 편집겸 발행인이자 1941년에 창간된 세 호의 편집후기를 모두 쓴 미치히사 료가 그 대표라 할 수 있다. 이하는 창간호의 편집후기를 발췌한 내용이다.

- 여기에서 조선의 문학이라는 것에 관하여 조금 기술해 보고 싶은데, 내가 지금까지 말한 최근 일본문학에 관한 결함은, 장소를 옮겨 조선의 문학의 결함이라 볼 수 있다. 조선에서는 거기에 지금까지 민족성이라는 것이 부가되어 사고되었다.
- 조선의 땅에는 조금 더 동양적인, 진정으로 조선 땅에서 탄생한 문학이 태어나야 한다고 나는 생각한다.
  이를 위해서는 부동의 결의가 필요하다. 오늘날까지 대부분의 작가들처럼 도망치는 것만을 생각하면 진실로 건설적인, 향토적인 작

품 같은 것은 나오지 않을 것이다. 지금 조선은 조선의 현실에 입각
하여 진정으로 새로운 기초 위에 일어선 것이다.

• 우리는 거기에 민족을 초월한 더욱 장려한 질서가 있음을 알아야 한
다. 여기에 진정으로 동양적인 자각에 입각한 조선문화의 건설이 있
다. 이 때 일본문화 건설의 일환으로서 정말로 조선의 땅에서 탄생
하는 조선의 문화를 건설하기 위해 우리는 분기해야 한다. …… 동
아문화부흥을 위해 조선 사람들 사이에서 웅대한 진정한 국민시, 국
문문학이 탄생하기를 마음으로부터 나는 대망(待望)한다.[35]

일방적으로 일본이라는 국가 내에 포함되기 위해 조선의 민족성과 민
족 문화는 말살되어야 하는 것임이 주장되던 1940년대 초의 '국민문학'
논의에서, 위와 같은 미치히사의 논조는 '조선'이라는 민족과 향토의 현
실적 특수성을 고민한다는 점에서 특징적이다. '민족을 초월한 더욱 장
려한 질서'를 내다보아야 한다는 것이 결론이기는 하지만, 그 과정에서
조선의 '민족성'과 '조선의 현실'에 입각해야 하고 '조선의 땅에서 탄생
한 조선의 문화를 건설'해야 한다고 인정하기 때문이다.

미치히사는 앞에서도 설명한 바 있지만 1920년대 경성에서 창간되어
'내지'로 옮겨간 유명 단카 잡지 『진인(眞人)』에 관여하고, 1930년대에도
『진인』에서 조선 단카를 담당하였으며, 1940년에 간행된 단카 잡지 『아
침(朝)』을 주재하는 등 잡지 외에도 한반도에서 간행된 주요 가집을 출
판하면서 20년 이상 한반도 가단의 중심으로 활동한 가인이다. 그리고
이른바 반도 가단의 대표사로서 국민시가연맹에 지도자적 인물이 되어
『국민시가』 창간 초기의 주된 이론을 제시하고 있는데, 그의 논의에서
는 '조선'이라는 지역에 걸맞은 '국민문학'을 보려고 하는 노력이 부각
된다고 할 수 있다.

## 5. '국민시가'론의 모순

여기에서 『국민시가』의 평론에 내재된 모순들이 노정되는 것을 조금 더 정확히 파악할 필요가 있겠다. 일본이라는 나라에 봉사해야 한다는 '애국' 이론과 그럼에도 불구하고 '조선'이라는 특수성이 강조되는 상황이다. '조선'에 걸맞은 '(일본)국민문학'이라는 측면은 1930년대 전후부터 내지와 반도 모두에서 활발히 논의되었던 조선색(로컬 컬러)과 일맥상통하는 부분이 있다. 1930년대 반도의 가단에서는 조선의 향토색을 일본 전통시가로 어떻게 구현할 것인가에 관한 논의와 실천이 가단의 큰 과제로 인식되고 있었기 때문이다.

- 조선풍토는 …… 일본 내지와는 상당히 다른 그 취향을 달리하고 있다.…… 이런 종류의 가집은 로컬 컬러가 차분히 드러나 있지 않으면 무의의하다고 나는 생각한다. …… 이번의 가집에도 조선에 사는 제군의 노래가 많이 들어가 있을거라 생각하지만 내가 기대하는 이 국정조가 스며나온 것임을 절망한다.

- 그렇지만 여기에는 조선풍토 속에서 진지한 인간의 표현이 있다. 조선의 자연에 융합해 있는 한 사람 한 사람의 호흡을 들을 수 있다. 그리고 영겁으로 이어지는 조선의 생명을 전하고 있다. 조선풍토가집이 귀중한 까닭은 실로 여기에 있는 것이다.[36]

- 이 가집은 조선을 주제로 한 한편의 종합시가 될 수 있도록 엮여진 것이다. 그렇기 때문에 고대조선, 근대조선, 또한 토지에 의해 다른 풍물의 변화, 사람들의 생활, 또는 이곳에 옮겨 와 얼마 지나지 않은 젊은 여성이 지니는 서정시의 세계와 같은, 그것들의 모든 것을 포

함하여 현대소선을 나타낼 수 있도록 이 가집은 엮어졌다. 이곳에
시를 통해 얼마라도 현대조선의 일면이 드러나 있으면 다행이다.[37]

여기에서 인용한『조선풍토가집』과『가집 조선』등은 조선의 고유한
풍토에서 유지된 조선색을 강조하는 것이었고, 이러한 논의의 연장선에
서 미치히사의 의견이 이해되어야 한다. 이러한 조선의 특색 발견과 강
조는 가단뿐 아니라 당시의 하이쿠 문단에서도 두드러지는 현상이었다.
본서에서 하이쿠 문단에 대해 본격적으로 상세히 다룰 수는 없는 것이
거듭 유감이지만, 기타가와 사진(北川左人)이 편찬한 구집『조선하이쿠선
집(朝鮮俳句選集)』[38]이나 조선샤쿠나게연맹(朝鮮石楠連盟)에 의해 1935년부
터 1940년까지 간행된 하이쿠 잡지『장승(長栍)』[39] 등에는 로컬 컬러로
서 조선의 고유함을 강조하는 내용이 두드러진다. 그러므로 1930년대
한반도에서 창작된 일본 고전시가의 지상과제가 바로 조선의 지방색을
도출하려는 것이었다고 볼 수 있으며, 미치히사 등이 말하는 새로운 '조
선 문화의 건설'은 바로 앞 시대에 로컬 컬러로서의 조선색 강조에 기
반하고 있다는 점에 주목할 필요가 있다.

한 발 더 나아가 미치히사는 '독자가 없는 곳에 문예는 성립하지 않
는다'는 생각을 바탕으로 '단지 소질적으로 조선어가 아니면 도저히 쓸
수 없는 사람은 조선어로 쓰면 되는 것이다. 조선어밖에 읽을 수 없는
사람들을 위해 많이 쓰면 되는 일이다'[40]라고『국민시가』내에서 주장
한다. '국민'이 사용하는 '국어(일본어)'의 창작은 당연한 요건이었지만,
그러한 시국에 조선의 현실에 기반한, 그리고 실로 대담한 문예 용어론
을 전개한 것이다.

결국 이러한 논의는 스에다 등의『만요슈』로부터의 전통과 예술성에

서 일본(마)의 국민문학을 보려는 논리와 서로 모순을 내재하면서 단카를 중심으로 한 『국민시가』의 '국민문학'론으로 전개되었다. 마침내 1942년에는 '애국(愛國)'이 시대의 키워드가 되면서 미치히사는 이론 면에서 침묵하게 된다. 1942년 11월호는 '애국 시가의 문제(愛國詩歌の問題)' 특집호로서 「애국 시가의 지도적 정신(愛國詩歌の指導的精神)」, 「애국시의 반성(愛國詩の反省)」, 「애국 시가의 재검토(愛國詩歌の再檢討)」, 「애국 단카 감상(愛國短歌鑑賞)」, 「이토 사치오의 애국 단카(伊藤左千夫の愛國短歌)」와 같은 애국 시가의 이론으로 점철되어 있으며, 특히 단카와 관련된 논의는 이듬 해 1943년 스에다 아키라가 경성에서 『애국백인일수 평석(愛國百人一首評釋)』을 간행한 데에 실질적 배경이 되었다고 볼 수 있다. 물론 1943년 11월 국민시가발행소가 펴낸 간행물 『조선시가집(朝鮮詩歌集)』에서는 다시 '조선'이 제명에 드러나면서 '국민시가'론에서는 '애국'과 '조선'이라는 개념의 길항이 끝까지 지속되고 있었음을 보여준다. 국민시가발행소의 1943년 간행물에 관해서는 6장에서 자세히 언급하기로 한다.

# ▌제3장 주석

1) 內藤由直, 『國民文學のストラテジー』, 双文社出版, 2014, pp.7-11.

2) 최현식 의 「이광수와 '국민시'」(『상허학보』 22집, 상허학회, 2008), 이주열의 「주요한의 시적 언어 운용 방식-일본어 시를 중심으로」(『비평문학』 제40집, 한국비평문학회, 2011), 허윤회의 「1940년대 전반기의 시론에 대하여-김종한의 시론을 중심으로」(『민족 문학사연구』 제42집, 민족문학사학회, 2006) 등.

3) 大村益夫・布袋敏博, 『近代朝鮮文學日本語作品集 1939-1945 創作篇6』, 綠蔭書房, 2001.

4) 최현식, 앞의 글(「일제 말 시 잡지 『國民詩歌』의 위상과 가치(1)-잡지의 체제와 성격, 그리고 출판 이데올로그들」).

5) 엄인경, 앞의 글(「20세기초 재조일본인의 문학결사와 일본전통 운문작품 연구-일본어 잡지 『조선지실업(朝鮮之實業)』(1905-07)의 <문원(文苑)>을 중심으로」).

6) 정병호・엄인경, 「러일전쟁 전후 한반도의 일본어잡지와 일본어 문학의 성립-『한국교 통회지(韓國交通會誌)』(1902-03)와 『한반도(韓半島)』(1903-06)의 문예물을 중심으로」, 『日本學報』 제92집, 한국일본학회, 2012.

7) 정병호・엄인경, 「한반도에서 간행된 일본전통시가 문헌의 조사연구-단카(短歌)・하이 쿠(俳句)관련 일본어 문학잡지 및 작품집을 중심으로」, 『日本學報』 제94집, 한국일본학 회, 2013.

8) 엄인경, 「식민지 조선의 일본고전시가 장르와 조선인 작가-단카(短歌)・하이쿠(俳句)・ 센류(川柳)를 중심으로」, 『民族文化論叢』 제53집, 영남대학교 민족문화연구소, 2013.

9) 中根隆行, 앞의 글(「조선 시가(朝鮮詠)의 하이쿠 권역(俳域)」)

10) 小西善三, 『歌林』, 朝鮮新短歌協會, 1934.

11) 西村省吾, 『長栍』, 朝鮮石楠聯盟, 1936-1940.

12) 道久良, 「編集後記」, 『國民詩歌』(創刊号), 國民詩歌發行所, 1941.9.

13) 임종국 저, 이건제 교주, 앞의 책(『친일문학론』).

14) 田中初夫, 「國民文學序論」, 『國民詩歌』(十月号), 國民詩歌發行所, 1941.10.

15) 엄인경, 「『미즈키누타(水砧)』해제」, 『韓半島 刊行 日本 傳統詩歌 資料集35 俳句雜誌篇4』, 이회, 2013.

16) 崔載瑞, 「編集後記」, 『國民文學』(創刊号), 人文社, 1941.11.

17) 道久良 「時評」『國民詩歌』(十月号), 國民詩歌發行所, 1941.10, pp.43-45, 道久良 「時評」『國民詩歌』(十二月号), 國民詩歌發行所, 1941.12, pp.46-47.

18) 美島梨雨 「半島詩歌壇の確立」『國民詩歌』(十月号), 國民詩歌發行所, 1941.10.

19) 道久良 「精神文化の問題」『國民詩歌』(創刊号), 國民詩歌發行所, 1941.9.

20) 末田晃 「短歌の歴史主義と伝統」『國民詩歌』(創刊号), 國民詩歌發行所, 1941.9. 瀬戸由雄 「憶良小論」『國民詩歌』(創刊号), 國民詩歌發行所, 1941.9. 末田晃 「短歌の歴史主義と伝統-二-」『國民詩歌』(十月号), 國民詩歌發行所, 1941.10. 末田晃 「短歌の歴史主義と伝統-三-」『國民詩歌』(十二月号), 國民詩歌發行所 194112.

21) 尼ヶ崎豊 「詩並に詩人について」『國民文學』(8月號), 國民詩歌發行所, 1942.8, pp.39-43.

22) 사희영, 『제국시대 잡지 『國民文學』과 한일 작가들』, 도서출판 문, 2011.

23) 미하라 요시아키(三原芳秋), 「'국민문학'의 문제」, 『현대문학의 연구』 제47집, 한국문학연구학회, 2012, pp.197-199.

24) 尾高朝雄, 「世界文化と日本文化」, 『國民文學』(創刊号), 人文社, 1941, pp.7-9.

25) 김윤식, 『최재서의 국민문학과 사토 기요시 교수 경성제대 문과의 문화자본』, 역락, 2009.

26) 이원동, 「식민지말기 지배담론과 국민문학론」, 『우리말글』 제44집, 우리말글학회, 2008.

27) 미하라 요시아키, 앞의 글(「'국민문학'의 문제」), p.200.

28) 田中初夫, 「朝鮮に於ける文化の在り方」, 『國民詩歌』(創刊号), 國民詩歌發行所, 1941.9, pp.13-16.

29) 윤대석, 「제1부 식민지 국민문학론 I」『식민지 국민문학론』, 역락, 2006.

30) 田中初夫, 앞의 글(「朝鮮に於ける文化の在り方」).

31) 이원동, 앞의 글(「식민지말기 지배담론과 국민문학론」), pp.1-23.

32) 윤대석, 앞의 책(『國民文學論』), pp.159-175.

33) 前川勘夫, 「日本的世界觀とその展開」, 『國民詩歌』(創刊号), 國民詩歌發行所, 1941.9.

34) 久保田義夫, 「眼前の體に就いて-中世に於ける寫生主義」, 『國民詩歌』(十月号), 國民詩歌發行所, 1941.10.

35) 道久良 앞의 글(창간호 「編集後記」).

36) 市山盛雄, 『朝鮮風土歌集』, 朝鮮公論社, 「序」, 1936.

37) 道久良, 「歌集朝鮮について」, 『歌集 朝鮮』, 眞人社, 1937, pp.100-101.

38) 北川左人, 『朝鮮俳句選集』, 青壺發行所, 1930.

39) 西村省吾, 앞의 잡지(『長栍』).

40) 道久良, 「時評」, 『國民詩歌』(十二月号), 國民詩歌發行所, 1941.12, p.44.

## 『국민시가』의 단카(短歌) 세계

## 1. 『국민시가』의 구성과 단카의 주도

　잡지 『국민시가』의 구성을 살펴보면 현존본 여섯 호에는 도합 1,400수 이상의 창작 단카와 160편의 창작 시, 약 40편의 시가론을 포함한 평론이 실려 있으며, 이밖에 전호(前號)에 게재된 작품에 대한 비평과 시평(時評) 및 편집후기가 거의 매호 갖추어져 있다. 단카에 한해서 말하자면 『국민시가』에 글을 싣는 사람은 대다수가 재조일본인들이었지만, 조선인명의 가인(歌人)도 김인애(金仁愛), 한봉현(韓鳳鉉), 남철우(南哲祐), 최봉람(崔峯嵐) 등 4명이 확인된다.[1]

　앞장에서 '시가'의 통합과정에 대해 서술하였지만 1940년대 전반기 '국민시가론'의 등장 하에 문예잡지 『국민시가』는, 수천 년 역사의 생명력과 전통성을 지닌 단카와 광범위한 동시대성과 세계성을 구비한 시(詩)가 '시가(詩歌)'라는 용어에 의해 결합되어 탄생한 것이다. 문예잡지를 통제한 국민총력조선연맹문화부의 참사(參事)이자 시인인 다나카 하쓰오 (田中初夫)는 '국민'과 '국민문학', '조선의 국민문학'에 대해 다음과 같이 인식하고 있다.

> 국민이라는 의식이 왕성해진 것은 극히 최근이다. ……국문학의 전통 이야말로 국민문학의 기조이다. 일본문학의 고전 속에 국민문학의 성격이 드러나는 것이다. 이 고전의 정신을 떠나서 국민문학은 존재하지 않는 것 은 물론……일본문학 속에 역시 태고로부터 끊임없이 흐르는 일본문학의 근본정신이 존재하는 것을 부정할 수 없다. 그것은 국민생활의 뿌리 깊은 전통이 우리를 지배하고 문학 안에도 작용하는 것이다. 이 강력한 문학적 전통의 정신이 국민문학 성립의 기조이다.
> ……조선에서도 우리 반도 재주의 작가들은 일본의 국민문학수립의 기 운에 따라 일본 국민의 일원으로서 국민문학 수립을 위해 노력해야 한 다.……반도의 민족적 전통생활을 일단 탈피하여 황국신민 생활로 들어감 으로써 비로소 국민문학 수립에 참가한다고 할 수 있다.[2]

여기에서 보이는 '국민문학', '황국신민 생활'은 이 시기 대부분의 문 헌에서 강조되는 문학과 생활의 기본적 용어라 할 수 있는데, 『국민시 가』에서는 이곳에서 한발 더 나아가 '국문학의 전통'과 '고전의 정신', '뿌리 깊은 전통'이라는 요소가 강조되고 천삼백 년이라는 유구한 역사 를 담지하는 『만요슈』와 단카가 '국민시가'의 핵으로 부상한다. 이 점은 다음과 같은 내용에서도 확인된다.

> 역사주의와 전통은 여기에서 명백히 나뉜다.…… 『만요슈』는 단순한 단카 집록이 아니다. 뛰어난 예술작품이지만 예술성을 넘어 깊고 큰 것을 가지고 있어야 한다. 그것은 무엇을 의미하는가 하면 영원성의 상징적 생

명의 원천이며, 전통성의 모태적 존재일 것이다. ……단카의 역사주의에
서도 마찬가지이다. 우리는 무엇을 위해 단카를 짓는 것인가. 무엇이 목
적이라 단카의 길을 걷고 있는 것인가. 서른 한 글자의 형식 속에서 더욱
이 이러한 험한 시대를 굳이 단카를 짓는 것은 어떤 이유일까?[3)]

『만요슈』는 물리적 시간이 가져다주는 유구한 역사성뿐 아니라 생명
의 원천과 예술성을 포함하는 전통성의 모태적 존재로 인식되었다. 『국
민시가』를 리드한 가인들은 시대를 초월한 생명력을 가진 『만요슈』에서
고전의 현대적 의의에 대한 고민과 해답을 찾고자 하였다. 인용 부분에
서 말하고 있는 험난한 시대에 한반도(혹은 만주)에서 생활하면서 굳이
단카를 창작하고자 하는 문학 행위에 대한 심경을 가인들은 다음과 같
이 직접 단카로 표현하고 있다.

(1) 그저 오로지 타향에서의 여행 익숙해지리 상심을 말로 않고 단카
(短歌)만 짓고 있다.
(ひたぶるに異境の旅に慣れなむと傷心云はず歌作り居り)

(2) 내가 읊는 이 단카 부끄럽지만 한두 수라도 싸우는 그대에게 적어
서 드립니다.
(わが詠める歌恥づれども一二首を戰ふ君にしたためにけり)

(3) 하늘의 색이 또렷하게 개이면 조선인 여기에서 보이는 쓰시마(對馬)
의 섬과 산.
(空の色のさだかに澄めば朝鮮のここより見ゆる對島島山)
간토쪽에서 국토를 지킨다며 사키모리들 멀리서부터 왔던 쓰시마
산 보이네.
(關東より國土守るべく防人はるばる來たる對島山見ゆ)

(4) 바람 시원한 야자나무 그늘에 쉬고 있는 용감한 자를 떠올리니 안
심이도다.

(風涼しき椰子樹の蔭に憩ひゐる<u>益良男</u>想ふは心安けし)

(5) 사내대장부 명예로운 전사를 몇 번 씩 듣는 되는 내 가슴속의 고동
    치는 울림아.

(<u>ますらを</u>の名譽の戰死幾度と聞く我が胸の鼓動のひびきよ)[4]


  (1)은 국민학교 선생으로 보이는 와타나베 오사무(渡邊修)[5] 작으로 타
향살이에 익숙해져야 하지만 여행처럼 정착하지 못하는 삶 속에서 갖게
되는 여러 가지 상심(傷心)을 말로는 풀지 못하고 단카로 토로한다는 자
세를 보이고 있다. (2)는 사이간지 후미코(西願寺文子)라는 여성의 것으로
전쟁터에 나가 있는 대상 '그대'에게 격려의 수단으로 단카를 지어 그
것으로 전쟁터와 총후의 연락책으로 형상화하였다. (3)의 두 수는 이마
부 류이치(今府劉一)의 단카인데, 조선 땅(부산)에서 맑은 날 육안으로 볼
수 있는 쓰시마(對馬)를 통해 만요(万葉) 시대에 국경을 지키며 단카를 남
긴 특별한 존재 '변경의 병사(防人, 사키모리)'를 연상하고 있다. 사키모리
는 앞서 가집 쪽에서도 소개한 내용인데, 한자로 '防人' 혹은 '崎守'라고
쓰며 고대 일본에서 북규슈(北九州) 지역의 수비를 담당하던 병사를 일컫
는다. 7세기 후반에 제도화되었고 동국(東國) 출신자들로 한정되었다. 사
키모리들이 가족들과의 이별을 슬퍼하는 노래 등이 『만요슈』 14권과 20
권에 보이며 동국 지방의 방언으로 채록되어 있어 '사키모리의 노래(防
人の歌)'로 잘 알려져 있다.

  이처럼 변경을 지키는 군인의 심정과 정서를 '사키모리'로 직유하는
것은 (4)에서도 마찬가지인데, 열대의 어느 섬 야자수 그늘 아래에서 쉬
고 있는 사람을 '대장부(益良男, 마스라오)'라고 표현하고 있다. '대장부(마
스라오)'의 명예로운 전쟁은 (5)에서도 보이며, '마스라오(益荒男로도 표기)'

는 남성적 기상을 일컫는 것으로 근세 일본의 국학자들에 의해 '마스라 오부리(益荒男振り) 혹은 丈夫風)'는 『만요슈』의 남성적이고 대범한 가풍으로 와카의 이상으로 삼은 개념이기도 하다. 1940년대 초의 단카 창작을 『만요슈』의 전통과 결부하려는 의식적 혹은 무의식적 의도들을 생생히 알 수 있는 부분이다.

『국민시가』의 회원들이 단카 창작이라는 행위 자체를 단카의 소재로 삼고 있다는 점도 흥미로우며, 이와 더불어 '국민'의 '시가'라는 것이 요구되는 전쟁 격화기에 한반도(혹은 만주)에서 단카를 짓는 행위에 대해 자신을 객관화하여 자각하면서 단카 창작에 의미를 부여하고 있는 측면에서 식민지 말기 조선의 '일본어문학'으로서 단카가 가진 의미와 그 역사성을 알 수 있다.

또한 『국민시가』 창간호는 9월에 발행되었는데, 여기에 실린 단카 중에서

> 시시각각으로 무너져 가는 언덕에 소란한 사람들 모습 그저 멍하니 바라만 보고 있네.
> (刻々に崩えゆく丘に立ちさわぐ人らの様をただみつめをり)
> 바로 눈앞의 가옥이 무너져서 흘러가는데 쳐다보면서 아무 방법도 없네 인간들로서 우리.
> (眼前に家屋倒れて流れゆくをみつつ術なし人間われら)[6]

와 같은 단카에는 '6월 29일 저녁부터 30일 아침까지 강우 300밀리 가까웠다. 미증유의 홍수였다'라는 가제가 달려 있다. 이와 같이 1942년 6월에 있었던 장마나 호우로 인한 홍수에 관한 내용도 다수 게재되어 있어서 잡지가 간행되지 못해 투고의 장이 없었던 기간 동안에도 회원들

의 단카 축적이 꾸준하게 이루어졌다고 보인다.

한편, 다음과 같은 단카에서는 당시 단카를 창작하는 과정 자체를 잘 기술하고 있어서 주목할 필요가 있다.

> 마감하는 날 임박했구나 하루 『만요슈 색인(万葉集索引)』 빌려 오라고
> 하여 아내를 뛰게 했네.
> (締切の迫りし一日万葉集索引を借りに妻を驅らす)[7]

이 단카는 평양제일중학교 교유(敎諭)를 역임한 이와쓰보 이와오(岩坪 巖)[8]의 작품으로, 단카 제출 마감이 다가와 창작을 위해 『만요슈』의 색 인을 참고하고자 한 정황을 노래한 것이다. 『만요슈』가 '국민시가'의 이 론에서뿐 아니라 단카 실작에서도 가장 중요한 참고 서적이었음을 드러 내주는 대목이다. 이와쓰보는

> 잠들기 힘든 한밤중에 의지하려 베갯머리에 놓아둔 스탠드와 잡지 네
> 다섯 권.
> (寝ねがたき夜牛のよすがと枕べに置くスタンドと雜誌四五冊と)[9]

과 같은 단카도 지었는데, 당시 어려운 상황에서도 문예잡지의 독서량 을 유지한 가인의 모습을 보여주는 사례라 할 만하다. 이러한 예를 통 해 『국민시가』에 단카를 제출한 1940년대 재조일본인 가인들에게 있어 서 단카는 『만요슈』의 전통을 참고하면서 이미 국민의 실생활을 투영하 는 문학으로서 그 창작 기반이 확고히 다져져 있었다는 것을 확인할 수 있다.

## 2. 단카 유형별 특징 1 - 전쟁 단카

이제부터 본격적으로 1940년대초 단카가 국민문학으로서 어떠한 내용을 담아내고 있으며, 어떠한 소재를 통해 국책에 호응, 혹은 봉사하였는지 등을 파악해 보고자 한다. 태평양 전쟁이 격화되는 1941년 이후의 한반도에서 '일본국민'으로서 전쟁을 수행하는 것이 『국민시가』 내에서 어떻게 그려지고 있는 것일까? 우선 가장 두드러지는 전쟁을 직접 소재로 삼은 단카들을 살펴보기로 한다.

  (1) 펄럭펄럭하고 야자나무 그늘에 군기 나부끼는 소리가 들릴 정도로 상쾌한 아침이네
      (はたはたと椰子蔭に軍旗のなびく音聞ゆるが程爽しき朝なり)
  (2) 인도차이나 남부에 앞 다투어 황군이 진주(進駐) 이 신문내용에 나도 모르게 목소리 높여.
      (南部仏印に皇軍きほひ進駐す此新聞に思はず聲あぐ)
  (3) 말레이 전쟁 마침내 끝이 나서 우리 병사들 조호르바루에서 숨 돌리고 대기해.
      (マレー戰つひに極まりてわが兵はジョホルバールに息づき待ちぬ)
  (4) 싸우자마자 눈 깜박할 사이에 진주만 미국 함대를 격멸하여 버리고 가버렸네.
      (戰ふや忽ちにして眞珠灣に米艦隊を擊滅し去りぬ)
  (5) 선전포고의 뉴스를 몰두해서 읽는 사람들 그 속에 나도 섞여 가슴 뜨거워지네.
      (宣戰のニュースひた讀む人の群に我も交りて胸熱く居り)[10]

(1)과 (2)는 미국과 일본이 결정적으로 관계 파탄을 낳게 된 1941년 7

월부터 8월에 걸친 남부 인도차이나 반도의 일본군 진주(進駐)를 상황 소재로 삼은 것이다. 이윽고 1941년 12월 일본은 태평양전쟁으로 돌입하게 되는데 (3)은 12월 10일 영국의 함대가 일본군 항공기에 의해 말레이 앞바다에서 격침된 말레이 해전의 결과를 표현하고 있고, (4)는 그 전날 일본이 진주만을 기습하여 미군의 함대를 무력화시킨 진주만 공습을 노래한 것이다. 태평양전쟁의 대규모 개전은 (5)에서 보듯이 '뉴스'나 '신문'을 통해 총후(후방)에 전달되었고, 한두 달의 간격을 두고 단카라는 문학에 생생히 전황 기록으로 표출되었다.

『국민시가』의 단카 전체에서 전쟁터와 총후 사이에 전쟁의 소식을 연결하는 매개체로 가장 눈에 띄는 소재는 '라디오'나 '신문기사', '뉴스영화' 등이며, 라디오나 뉴스, 혹은 뉴스영화, 신문, 기사 등에서 전쟁의 보도를 접하는 내용을 읊은 단카는 몇 백 수에 달한다. 전쟁의 소식을 라디오 뉴스나 신문기사와 같은 매체에 의존하여 '듣다'나 '보다'라는 표현이 단카에 얼마나 반복적으로 여러 가인에 의해 강조되는지 확인할 수 있는 점 역시 전쟁 단카로서 특기할 만하다.

'국가'의 전쟁에 '국민'으로서 협력하는 단카의 자세는 국민시가연맹의 제1작품집이자 1942년 3월 특집호인『국민시가집』으로 대표된다. 이 점은 '무훈에 빛나는 제국 육해군 장병 각위에게 본집(=국민시가집)을 통해 우리(=총후의 국민)의 감사의 뜻을 전달하며 아울러 그 노고를 위문하고자'[11] 발행한 이 시가집에 수록된 113명의 가인의 280수의 단카가 모조리—이 점은 47편의 시도 마찬가지인데—일본이 수행하는 전쟁 상황을 그리거나 응원하는 것에서 가장 확실하게 드러난다.

다시 말하자면 전쟁터의 상황이 시기적 간격을 크게 두지 않고 황군의 진격 양상으로 단카에 그대로 담겨 있어 이 시기 단카가 가지는 전쟁 기록문학적 성격을 여실히 보여주고 있다. 단카의 소재가 단카에 미치는 영향이라는 측면을 보면, 동남아시아의 전쟁 상황은 '야자수'나 지명 '조호르바루'와 같은 고유명사가 다용되어 이 지역 열대우림의 이국적 환경에서 전쟁에 참여하는 병사들의 모습을 부각시킨다. 또한 이러한 이국적 지명과 외래어가 단카에 도입되면서 결국은 5・7・5・7・7이라는 정형의 음수율이 전혀 지켜지지 못하는 단카 역시 상당히 증가하게 된다.

> "알류산" "미드웨이" "시드니" 일시의 기습에 적도 놀랐을 것이다.
> (『アリウーシヤン』『ミッドウエー』『シドニー』と一時の奇襲に敵も驚かむやは)
> 동쪽으로는 8천3백킬로의 미국의 본토 서쪽은 만2천킬로 남아공, 남쪽은 9천2백킬로의 호주로 정예부대 전진
> (東は八千三百キロの米本土西は一万二千キロの南阿南は休戰二百キロの濠洲に精銳進む)[12]

단카의 정형성에 대한 도전은 1930년대 구어율 단카를 주장한 '신(新)단카 운동' 등에서도 볼 수 있었지만, 『국민시가』에서 보이는 이상의 예는 전황의 확대와 그 기록적 성격에 급급한 창작 태도가 단카의 정형성을 파괴하게 된 것이다. 위와 같이 단카의 경우도 소설이나 시 장르와 마찬가지로 당시 일본의 동남아시아 침략과 승리, 태평양 전쟁을 소재로 하여 일본이 다양한 지역의 전쟁에서 승승장구하고 있다는 전황을 국민에게 전달하여 전체적으로 전의를 고취한다는 국책문학의 역할을 수행하고 있다고 볼 수 있다.

[그림 18] 태평양전쟁을 개시한 일본군의 기세는 동남아를 넘어 호주까지 위협할 정도였다. 캔버라 호주전쟁기념관 내의 제2차 세계대전 전시관 사진.

## 3. 단카 유형별 특징 2 – 일본의 고대 신화

그렇다면 이처럼 국책문학의 역할을 수행할 때 단카라는 장르이기 때문에 갖게 되는 특징이 존재하는 것일까? 『국민시가』의 전쟁 단카가 지니는 특징은 무엇이라 볼 수 있을까?

여기에서 살펴보고자 하는 바는 『국민시가』의 전쟁 단카가 고대 신화를 차용하고 있다는 점이다. 전쟁과 천황의 역사가 결부되어 있는 점을 분명히 하기 위해 이제 국민시가연맹을 리드한 가인 미치히사 료가 창간호에 게재한 단카를 분석하고자 한다. 당시의 단카 잡지에서 일련의 창작 단카의 마지막 게재작품은 보통 선자(選者)의 것인데, 책임편집자이자 가장 유력한 단카 선자였던 미치히사는 특별회원들의 단카를 선발하고 맨 뒤에 자신의 단카 16수를 게재하였다. 그 시작에 『만요슈』의 유명한 누카타노 오키미(額田王)[13]의 다음 노래를 인용하고 있다.

니키타쓰에 배를 타기 위하여 달 기다리니 바닷물도 차온다, 이제 노
저어 가자.
(熟田津に船乗せむと月待てば潮もかなひぬ今は榜ぎ出でな(額田王, 万葉集より)[14]

[그림 19] 사이메이 천황

이 노래는 사이메이(齊明) 7년, 즉 661년에 이미 2년 전 멸망한 백제의 부흥운동을 지원하기 위한 정서(征西)의 군선단이 니키타쓰(熟田津)[15]을 나서려 할 때 덴무(天武) 천황비 누카타노 오키미에 의해 읊어졌다고 하는 와카이다. 미치히사는 격조와 웅혼함을 갖춘 명가(名歌)로서 유명하다는 해석을 그대로 답습하는 태도를 보이고 있는데,[16] 대륙경영의 과거 정당성을 뒷받침하는 1,300년 전의 서쪽 정벌이라는 대륙경영의 꿈을 재현한다는 감회로 사용하였기 때문이다. 『만요슈』의 이 유명한 와카를 가제로 삼아 미치히사는 다음과 같은 단카들을 연작하였다.

사이메이 천황께서는 친히 머나먼 규슈 땅에 이르기까지 마다 않고 가셨네.
(齊明天皇御身親らはるばると九州の地に進ませ給ふ)
대륙 경영을 친히 하시기 위해 귀하신 목숨 변두리의 땅에서 잃고 승천하셨네.

(大陸の御経営の御爲にみ命は辺土の土に神去りましし)

　백제의 멸망 대륙 경영의 꿈은 좌절되었고 그 후로 천삼백년 시간은 흘러구나.

(百濟亡びて大陸の経営は頓挫せり千三百年の時流れたり)

　반도의 땅을 요동치게 하면서 군용열차포 겹겹이 연거푸 서쪽으로 향하네.

(半島の地をゆるがせて軍用列車砲重重と西にむかへり)

　대륙을 향한 우리 백만 군사들 밤을 낮으로 이어가며 계속 해 서쪽으로 향하네.

(大陸にむかふわが百万のみ軍は夜を日をつぎて西にむかへり)17)

　이 일련의 단카들은 '작자가 자부할 정도의 역작'으로 '작자가 의도하는 것은 현시대에 분류하는 의력'이자 '함축이 있는 정열'을 느끼게 하며 '구성이 확실한'18) 작품들로 평가받았다. 신라를 정벌하고 백제를 구원하기 위한 1,300년 전의 사이메이 천황의 일화를 차용하여 규슈를 지나 한반도를 향하던 옛 황군의 서정(西征)이라는 도식이, 1941년 당시 확대일로를 걷는 태평양전쟁의 '대륙 경영'의 현실과 결부되어 있다. 일본 고대 과거의 신화에서 천황의 역사로 이어진 일화를 통해 대동아공영권의 실현이 정당함을 증명하고자 하는 문맥에서, 1940년대 초 아시아와 태평양에 대한 군사적 행위를 역사적 필연성으로 부합시키는 인식을 뚜렷이 볼 수 있다.

　그리고 일본이 한반도에 진출한 것을 고대 일본이 '대륙 경영'을 시도했던 시대를 연상하는 단카로 정당화한 도식으로 그려내듯, '바다를 건너' 태평양 전역으로 확산되는 전쟁은 다음과 같이 읊어진다.

바다를 건너 진무 천황의 군대 성벌 시대도 아기와 기비라는 말판이 있었다네.

(海渡り神武のみ軍征きし代も阿岐と吉備との足場もたしし)

신들의 시대 신의 군사들이라 할지언정 그저 한 번에 바다 건넌 적 없었노라.

(神の代の神のみ軍すらだにも一向きに海を越ゆるなかりし)[19]

이는 「남부 인도차이나반도의 진주를 보고 생각하다(南部仏印進駐に憶ふ)」라는 제목으로 호리 아키라(堀全)이 발표한 것이다. 진무 천황의 동정(東征)을 단카의 소재로 삼고 있는데, 일본 신화에서 초대 천황인 진무 천황이 휴가(日向)를 출발하여 야마토(大和)를 정복한 다음 천황으로 즉위하기까지의 과정에 해당한다. 이 역시 일본의 바다 진출과 전쟁 확산을 신대(神代)에서 천황의 역사로 이어지는 고대의 동정, 서정(西征)을 연상하게 하는 효과를 가지는 것이며 천황(혹은 황군)의 정복 이미지를 단카라는 고전적 장르가 이를 상기시키는 적격한 장(場)으로 작용하고 있음을 확인할 수 있다.

이상에서 『국민시가』에 수록된 단카들 중 전쟁과 관련된 국책문학적 성격을 가진 작품들을 살펴보았다. 이 잡지에 드러난 『만요슈』 존중의 시가론과 연관하여 볼 때에도 전쟁 단카에는 일본의 역사, 전통적 고전과 신화의 세계를 참고하며 적극적으로 이와 관련되는 단카를 창작하려는 태도를 읽을 수 있었다. 또한 태평양전쟁 당시의 대동아공영권 건설의 필연성을 주장하는 데에 고대 황군의 정벌 일화를 차용하여 도식화하는 특징을 확인하였다.

## 4. 단카 유형별 특징 3－총후 생활의 복잡함

이처럼 전쟁 현장의 소식은 라디오나 신문을 통해 듣고 보는 것으로
총후에 전달되었다. 총후의 상황에서 소재는 상당히 다양해지지만 전쟁
과 관련해서는 전장에서 들려오는 '황군'의 전승을 격려하거나, 전장에
서 사망한 사람들에 대한 애도, 징병제 실시로 가까운 이들은 전장으로
떠나보내는 직설적 내용이 수적으로 많다.

> (1) 아이를 불러 한탄하려니 아아 가엽다 엄마만큼은 부처님의 앞에서
>     온종일 앉아 있네.
>     (子をよびてなげくがあわれ母のみは御仏の前にひねもすを座す)
> (2) 염불은 외지 않고 나는 삼칠일 밤을 술만을 들이키며 그대를 애도
>     하노라.
>     (念仏を唱へずわれは三七日の夜を酒のみて君をとむらふ)
> (3) 졸업식 하고 동시에 군병으로 소집돼 가는 오빠이기에 우리 할 말
>     도 없었노라.
>     (卒業と同時に兵に召されゆく兄なり我等云ふ事はなし)
> (4) 결혼 앞두고 신랑이 소집되어 출정가게 된 친구의 마음을 나 추측
>     하기 어렵네.
>     (結婚をひかへて召され征く友の心やわれのはかり難しも)
> (5) 온 나라가 전쟁을 하는 때라 배급 상황이 궁핍하다는 말을 입 밖으
>     로는 못 낸다.
>     (國をあげ戰うときぞ配給の乏しきことを口には云はず)[20]

즉 죽음은 전장을 넘어 총후에서도 단카의 주요한 제재가 되고 있다
고 할 수 있다. 물론 죽음을 소재로 해도 「십만 명 되는 호국영령 앞에
서 회한 없는 삶 생각하면서 그저 한결로 살아가네(十万の英靈の前に悔ゆ

るなき生を思ひつつひたぶるに生く)」[21]처럼 전사(戰死)를 후회 없는 삶의 일부로 보기도 했지만, 죽은 이에 대한 애도와 남겨진 자의 슬픔에 초점을 맞춘 (1)과 (2)는 역시 『만요슈』 이래로 '만가(挽歌)'라 일컬어지는 죽음과 죽음에 대한 애도를 취급한 단카의 계보를 잇는 것이라 볼 수 있다.

한편으로 (3)과 (4)에서 보듯 소집이라는 표현으로 가까운 사람의 징집을 맞게 된 심정이 잘 드러나고 있다. 따라야 하는 '국민'으로서의 도리이지만, 인간적 정리로서 느낄 수밖에 없는 슬픔은 '헤아릴 수 없'고 '말할 수 없'는 것으로 억압되어 있다.

그런데 (5)를 포함하여 이렇게 전쟁 상황을 부정적으로 드러내는 말을 직접 표현할 수 없는 현실의 억압된 감정이 『국민시가』에서 단카로 표출되어 있는 것을 지적하지 않을 수 없다. 시국과 시책에 국민으로서 참여해야 하는 단카에 반전(反戰) 내용이 수록될 수 없었던 것은 당연하지만, 억압된 개인 감정을 소극적으로나마 표현한 이러한 내용은 전쟁문학으로 일괄될 수 없는 문학적 표현의 한 단면일 것이다.

총후 국민의 일상생활을 리얼하게 그려내는 것은 여성 가인들의 단카다. 『국민시가』에도 보통회원에 해당하는 여성 가인들의 단카가 상당히 많이 수록되어 있는데, 그 특징을 살펴볼 수 있는 몇 수를 살펴보자.

    (1) 천 켤레 되는 게타의 끈 만드는 봉사라 해도 놀라지 않게 된 것 생각해 보게 된다.
       (千足の下駄の緒作る奉仕にも驚かずなりし事思ひみつ)
    (2) 숨이 막히는 세계의 투쟁 속에 살아가면서 성장해가는 아이 물어보는 것 많다.
       (息づまる世界爭鬪の中にして生ひ立つ吾子の問ふこと多き)

(3) 내가 만드는 위문꾸러미 안에 넣겠다면서 어린 아들들 편지 쓰느라
    하루 보내.
    (わがつくる慰問袋に入れむとて幼き子らは一日文書く)

(4) 우아하게만 행동하는 시국이 아닌 터라서 여성들 몸뻬 입은 부대는
    바지런히 움직여.
    (なまやさしく振舞ふ時局にあらざればモンペ部隊のかひがひしかる)[22]

일본 병사들이 신는 나막신 게타의 끈을 만드는 봉사활동이나, 위문
품을 준비하거나 '몸뻬 부대(モンペ部隊)'로 대표되는 여성이 근로봉사에
전면 참여하게 되어 (4)에서 보이듯 여성 총후 생활이 고스란히 드러나
있다. 그러나 세계대전이라는 환경에서 자식을 키워야 하는 현실에 '숨
이 막히'고, 놀랄 만한 노동 현실이 놀랍지 않게 된 것에 대해 '생각해
보'는 자세에는 심신이 모두 국책에 협력적일 수만은 없었다는 사실이
드러난다. 다음의 단카를 보면 전쟁을 하는 현실에서 부조리를 느끼는
문학 여성의 고립(孤立, 혹은 個立)을 엿볼 수 있다.

애수라는 말 어감에서 아름다움 사라지고 현실은 딜레마의 연속인 것
입니다.
(哀愁といふ語感から美しさが消えて現實はジレンマの連續なのです)
가집 잡지를 쌓아 두고 오늘은 읽으려 하나 이일 저일 걸려서 독서를
허락않네
(歌誌を積みけふこどはとは想へどもわれつかれつつ讀書を許さず)
새로이 나온 가집을 받아서는 한참동안을 내 방에 두었구나 생각하니
슬프다.
(新しき歌誌をいだきてしばらくをわが部屋にゐたしと想ふかなしさ)
노래가 있어 내 자신의 개인을 세울 수 있어 그것이 슬프게만 여기어
지는구나

(歌故に一人われのみ個立せば悲しきものにおもほゆるかも)23)

이 단카에서 보이듯 '애수'로 대표한 정서적 표출이 기본인 문학 행위에서 아름다움이 사라진 전쟁 수행이라는 현실은 가인이 연속적으로 느끼는 '딜레마'임을 상징적으로 드러낸다. 단카와 단카 잡지로 표현한 문학 생활은 '아름다움'으로 표현되는 정신적 추구의 대상이지만, 물리적인 피로감과 시간이 없는 현실은 개인에게 문학적 정서가 소거되는 딜레마와 슬픔을 안겨준다. 총후 현실에서 여성 가인들이 느끼는 이러한 부조리와 슬픔은 소극적 의미에서나마 전쟁 고취와 황국신민으로서 국책에 부응하고자 하는 흐름과는 어긋나는 특징을 볼 수 있다.

좋은 나라에 태어난 것이로다 생각하면서 방공연습을 하는 중에 외국 떠올려.
(よき國に生まれしものよと思ひつつ防空演習下に外國想ふ)24)

와 같은 단카 역시 적합한 예라 하겠다.

이처럼 총후의 현실에서 펼쳐지는 상황들은 여성 가인들에게만 부조리하게 포착되는 것일까? 이제 남성들의 총후생활을 표현한 단카의 특징을 살펴보기로 한다.

(1) 방독의에 밴 냄새는 사라지지 않고 마치 내 살갗을 즐기듯이 지쳐 가고 있구나.
(防毒衣のにほひは消えぬわが肌をたのしむに似て疲れつつ居り)
(2) 임전 태세 하 제십칠회의 신궁(神宮) 대회 열리기 전에 신 앞에서 우리들 맹세한다.
(臨戰下第十七回の神宮大會まづ大前にわれら誓へり)

체력증강을 목표로 한 총후의 젊은이들이 용감히 싸운다네 힘과
미의 제전을.

(体力増強を目指す銃後の若人が敢闘すなり力と美の祭典を)25)

　(1)은 '10월 12일부터 10일간 전국에 방공훈련이 실시'되었다는 설명
을 단카 앞에 제시한 스에다 아키라의 단카이다. 전후의 단카들로 방독
면과 방독의를 착용하고 가을에 학생들을 대상으로 이루어진 훈련의 모
습을 그리고 있다. 또한 (2)는 '조선신궁 봉찬 체육대회에 참가하여'라
는 부기가 단카 뒤에 설명되어 있어서, 조선반도의 총후 현실 속에서
젊은 학생들을 대상으로 한 방공훈련이나 체육대회를 인솔교사나 학생
의 입장에서 참여자로서 읊은 작품들이 상당수 있다. 그러나 스에다의
인용 단카에서 알 수 있듯 그 피로와 고통 또한 단카 표현에서 완전히
사라지지는 못하는 것을 확인할 수 있는데, 이는 다음 단카들에서 보다
여실히 드러난다.

　(1) 학생들에게 각반(脚絆)을 감아주고 있다가 문득 떠오른 자기 연민
　　　누르기 어렵구나.
　　　(生徒らにゲートル巻いてやりしが閃きし自憐は押へかねたり)
　　　약간 생기는 힘든 노무의 짬을 재미있구나 샤레본(洒落本)으로 보
　　　는 유곽의 생활이란.
　　　(わづかなる勞務の暇を面白し洒落本に見る遊里生活)
　　　지금 나처럼 격무를 한 까닭에 경성제국대 선배들은 마침내 학문
　　　을 그만뒀나.
　　　(かくの如き激務のゆゑに城大の先輩はつひは學問をやめしか)
　　　교육이라는 것의 의미를 조용히 생각하면서 여전히 꿈꿔보는 학문
　　　적인 세계.

(教育の意義をしづかにおもひつつ尙も夢見る學問的世界)

(2) 밤하늘 가르는 서치라이트 서로 착종하는데 전쟁의 예술성을 생각
하고 있었다.

(夜空截るさーちらいとの錯綜に戰爭の芸術性を考へて居た)

나 혼자서 연구실에서 쥐를 해부하고 있다 무언가 환각이라도 나
타날듯한 밤.

(ひとり硏究室で鼠を切いて居る何か幻覺でも現はれさうな夜)[26]

　(1)의 네 수는 구보타 요시오(久保田義夫), (2)는 노즈 다쓰로(野津辰郎)의
단카인데, 이 둘의 공통점은 (1)의 세 번째 단카와 직원록 자료[27]를 통
해서 알 수 있듯 모두 경성제국대학에 몸담은 사람들이다.[28] 식민지 조
선의 최고 엘리트로서 자신의 '학문적 세계'와 '격무' 속에서 '자기 연
민'과 '교육이라는 의의'를 성찰하고자 하는 태도가 엿보인다. 이렇게
노무에 쫓기는 현실과 비현실적 유곽의 세계가 대치되기도 하고, 적기
를 찾는 서치라이트 속에서 전쟁의 예술성을 찾는 착종된 감각, 현실
속 연구실에서 비현실적 환각에 대한 감각의 유리 등이 드러나 있다.

　그러나 전쟁 수행의 현실에서 이상 세계를 꿈꾸거나 비일상을 추구하
는 작가(作歌) 태도는, 이윽고 1942년의 『국민시가집』을 거치면서 거의
드러나지 않게 된다. 왜냐하면 1942년 후반기에 실제 총후생활과 『국민
시가』에서 가장 강조되는 개념은 '애국(愛國)'으로 귀결되기 때문이다.
1942년 11월호가 '애국시가의 문제' 특집호인 것에서도 알 수 있듯이
'단카를 통해 국민정신 앙양에 기여 공헌할 것에 노력해야 한다. 특히
한반도의 가인들은 단카를 통해 조선의 대중을 하루라도 빨리 진정으로
황민화하는 운동에 협력매진해야 한다'[29]고 주장한 논리는 지도적 입장
에 있는 가인들의 강박을 드러낸다. 그리고 이를 고스란히 실천한 듯한

아래와 같은 총후 생활의 애국 단카들로 넘치게 된다.

> 내 직장 지역 더욱 풍요롭게 만들고 싶어 애국반장의 표찰을 내걸었다.
> (わが職域をもつと豊かにあらしめたい愛國班長の表札を揭げる)
> 애국반장의 표찰을 호구에 내걸고 마음 새삼스럽게 조국을 위해 바치
> 리라.
> (愛國班長の表札を戶口に揭げて, 心あらたにみ國の爲につくさむ)30)

애국의 강조는 이후로도 이어져, 국책에 충실히 따르는 국민시가발행소가 '전쟁'과 '애국'의 단카 작품을 간행하게 된 궤적의 향방을 여기에서 확인할 수 있다.

지금까지 『국민시가』에서 후방의 총후 생활을 그린 단카작품들을 살펴보았다. 전반적으로는 당시 국책수행에 부응하는 노래가 많았지만, 이러한 '국민시가'의 방향과는 다른 다양한 현실적 고민을 담아내는 작품도 적지 않게 눈에 띈다. 특히 총후 생활을 담당하였던 여류 가인들이나 경성제국대학 관련 가인들의 작품들에는 전쟁 수행의 현실에서 느끼는 딜레마나 억압된 감정, 연민과 감각의 착종 등은 다수를 차지하고 있는 획일적인 국책단카(문학)과는 구분되는 방향이라고 할 수 있을 것이다.


## 5. 『국민시가』의 가론과 조선적 소재, 그리고 백제

『국민시가』는 '일본국민'의 시가여야 한다는 당위성이 여러 평론에서 천명되었지만, 조선을 근거지로 하는 단카 잡지였다. 이번 장에서는 『국

민시가』에 소재와 제재에서 조선적인 것이 반영된 실상을 분석해 보고
자 한다. 한반도 문화의 모체인 조선적인 것, '반도인'의 대부분인 조선
인을 보는 시선을 통해 조선에서 오랜 세월을 보내며 전쟁의 시기를 겪
은 1940년대 초 재조일본인의 감회와 특징을 파악할 수 있을 것이기 때
문이다.

우선 조선적인 것을 소재로 한 다음의 단카들을 보자.

(1) 내가 말하는 조선어가 웃긴다 수염 쓰다듬는 노옹은 담배 속을 바
꿔 눌러 담았다.
(我が語る鮮語おかしと鬚を撫でし老翁は煙草を詰め替へてゐる)
조선아이들 신나게 떠드는 데 다가가 보니 오래된 신문 속의 일본
군 칭찬하네.
(鮮童のざわめきゐたるに近寄れば古新聞の日本軍を讚ふ)

(2) 개 잡아먹는 것도 즐거운 일의 하나가 되어 조선 산에서 나도 살며
익숙해졌네.
(犬を食ふことも一つの樂しみと朝鮮の山にわれ住み慣れぬ)
낙엽송의 푸른 잎이 청신한 높은 들판에 개를 잡아먹어야 하는 여
름 왔구나.
(落葉松の靑葉すがしき高原に犬を食ふべき夏はきにけり)

(3) 집에 있으며 감상의 꿈을 좇는 것조차도 지금 여인들에게 허락할
수 없는 일.
(家にありて感傷の夢を追ふことも今のをとめに許すことなし)
옅은 홍색의 저고리 입은 소녀 백합을 들고 새끼손가락에 건 꿈을
완상한다네.
(薄赤きチョゴリの少女百合もちて小指につきし夢もてあそぶ)31)

(1)의 직접적 소재는 '조선어(鮮語)', '조선아이들(鮮童)', 조선의 '노옹'

등인데 내용적으로는 조선어 사용에 아직 익숙하지 못한, 즉 완전히 동화되지 못한 재조일본인으로서의 작자가 투영되어 있다. 이에 비해 (2)에서는 오히려 개고기를 식용하는 조선의 습관에 익숙해져, 즉 동화되어 여름의 도래를 인식하는 재조일본인의 모습이 드러나 있는 것이 흥미롭다. (3)에는 '여자도 국민 등록하다'라는 제목이 붙어 있어 '저고리' 입은 조선의 아가씨들이 '일본'의 '국민'으로 등록되는 것에 대한 재조일본인의 시선을 서술하고 있다.

그런데 조선적 제재는 이러한 '익숙함'의 정도나 관찰자적인 '거리감'에만 머물지 않고 고대로부터 내려오는 문화예술에서 크게 부각되는데, 특히 백제 예술에 대한 찬탄이 상당히 두드러져 있음을 알 수 있다. 예를 들면 이왕가(李王家)미술관에서도 백제 관세음 반가상의 아름다움을 인지하는 장면 등이 그러하다. 이왕가미술관은 1946년 이후 덕수궁 미술관으로 개칭되었는데, 원래는 1908년 창경궁내 제실(帝室)박물관이었다. 1910년 일본에 의한 강제병합 이후 이왕가박물관으로 격하되었고, 1938년 덕수궁 신관으로 이전하여 이왕가미술관이 된 것이다. 어쨌든 '이왕가미술관에서'라는 제목으로

> 중지의 끝을 가볍게 살짝 뺨에 대고서 있는 백제 관세음 반가(半跏) 사유상의 모습.
> (中指を先にかすかに頰にふれて百濟觀世音の半跏の御像)
> 금동의 아름답도다 백제 관세음 손의 끝을 얼굴에 살짝 대고 계시는구나.
> (金銅の御像美くし百濟觀世音御手の先を頰にふれておはす)
> 뭔가 골똘히 생각에 빠져계신 모습이런가 가운데 손가락을 뺨에 대고 계시네.
> (つく熟と物もひ給ふみ姿か中らの指を頰にふれゐます)[32]

[그림 20] 『국민시가』 창간호 표지의 백제봉황문전

와 같이 백세 관세음 반가사유상의 아름다움을 노래한 세 수가 연속해 있다. 또한 더욱 상징적으로는 『국민시가』 표지 그림을 '백제봉황문전(百濟鳳凰文塼)'으로 하고 있다는 점에서도 극명하다. 창간호에 고고학자이자 미술사학자인 가야모토 가메지로(榧本龜次郎)33)의 표지 그림 해설에 따르면,

백제 마지막 도성이었던 부여로부터 멀지 않은 금강 기슭 규암면 외리의 한 지점에서 1938년 3월 많은 화전(畵塼)이 발견되었다. 표지에 건 봉황문전도 그 하나로 한 변의 길이가 겨우 29센티미터, 두께 4센티미터에 불과한 직사각형의 작은 벽돌인데, 어느 것이나 종래에 반도에 비슷한 것이 없는 귀한 것이다. ……만든 이의 간결하면서 또한 강인한 정신을 상징한다고 보아야 할 것이다. ……그런데 그러한 벽돌로 알려진 것에 나라현 미나미홋케지(南法華寺)의 봉황전, 오카데라(岡寺)의 천인전이 있다. ……물론 이 둘 모두 백제의 이 벽돌보다는 크고 또한 그림 문양도 사실적이라 다르며 양자 사이에 그쪽에서 이쪽으로 이르렀다는 직접적인 관련은 보이지 않지만, 그러나 아스카 시대 이후 절을 짓거나 기와를 만드는 공인들에 많았던 백제인들이 참가했다는 것을 생각하면 벽의 요식(腰節)에 백제와 같은 그림 벽돌을 사용하였다고 하면 그것은 결코 우연이 아닐 것이다.

와 같은 내용이 보인다. 만든 백제인의 '간결하면서 또한 강인한 정신'을 보여주는 한반도에서 유래가 없는 '귀한 것'으로서 부조가 새겨진

벽돌인 화전(畫塼)이 발견된 것을 '조선 국민의 시가'를 지향하는 잡지에 표지로 사용했다는 상세한 내용 설명이다. 신라나 고구려에 비해 고대 일본과 친연성이 있었던 백제의 문화는 앞서 2장에서 살펴본 사이메이 천황의 백제를 돕기 위한 서정(西征)에서도 그러했지만, 『만요슈』로 상징되는 나라(奈良) 시대와 직결되는 까닭에 그 가치와 신성성이 더욱 부각되었다.

이러한 맥락에서 창간호의 첫번째 단카 작품이 「부여신궁 조영(扶餘神宮御造營)」이라는 가제로 되어 있는 것을 보면, 1940년대 초 조선의 국민시가단에서 백제와 그 도읍 부여의 의미가 얼마나 중요했는지 알 수 있다. 이것은 『국민시가』의 대표 가인이자 만요의 전통과 역사를 강조한 이론가 스에다 아키라가 창작한 것으로 그 중 몇 수를 살펴보기로 한다.

산과 물의 빛 눈부시게 빛나며 귀하신 신령 여기에 밝디 밝게 자리 잡으셨도다.
(山水のひかりかがやき御心靈ここにあかるく鎭座まします)
원하는 대로 지금은 걸을 수 있는 산과 하천에 마음이 그윽하다 머나먼 시절 나라.
(ほしいままにいまはあゆめる山河にこころかすけし遠き代のくに)
싸울 수 있는 시대 속에 살면서 적막하기만 한 이 산에서 땀을 흘린 근로봉사대.
(たたかへう時代にありてしづかなるみ山に汗たる勤勞奉仕隊)
백제의 도읍이 멸망한 머나먼 옛 시절 한탄은 살아 있을 것이니 지금의 이 초석에.
(百濟の都ほろびし遠き代のなげきは生きむいまいしずゑに)
이윽고 발로 밟을 수 없게 되는 신의 영역인 이 산 속에서 깨진 기와류 몇 번 줍네.

(やがて足ふまれぬ神域の山なかに缺けたる瓦類いくたびかひろふ。)34)

1939년 내선일체의 상징으로 착공된 부여신궁은 현재의 부소산성이 있는 자리에 조영되었다고 한다. 애초 이세(伊勢)신궁35)과 같은 어마어마한 규모로 기획이 우러어져 막대한 근로봉사가 동원되었지만, 전쟁이 격화되면서 공사에 어려움을 겪으며 끝내 완공을 보지 못하고 1945년 일제는 공사중이던 신궁을 모두 소각하였다고 한다.36) 위의 스에다에 의한 창간호 첫 단카군(群)은 백제의 도읍 부여에 세워지던 신궁을 노래한 것들이다.

여기에서는 첫째 신(神)이 진좌(鎭坐)할 신궁의 자리에서 아득한 먼 옛날이라는 표현으로 백제와 아스카(飛鳥, 나라 지역) 시대를 함께 떠올리는 연상 작용, 둘째 신의 '신성한 혼령'을 모시는 '신의 영역'은 '근로봉사 대원'들의 부역에 의해 부여에 건설 중이라는 현황에 주목해야 할 것이다.

우선 전자는 천삼백 년이라는 시간을 거슬러 아득한 백제의 시대를 그리게 되는데, 그것은 단순히 조선 반도의 옛 국가를 떠올리는 것에서 그치는 것이 아니라 당시 백제와 문화적, 외교적으로 교류한 나라 지역의 아스카 시대를 떠올리게 한다. 이는 일본 신대(神代)의 신화부터 천황대의 전설로 이어진다.

다음 후자에 해당하는 백제 도읍에 신궁을 조영함으로써 부여를 신도(神都)로 건설하던 정황은 다른 가인들에 의해서도 다음과 같이 읊어지고 있다.

(1) 도로의 폭이 이십오 미터 되는 간선도로에 매립한 흙에 섞인 백제

의 옛날 기와.

(巾員二十五米幹線道路の埋立ての土に混れる百濟の瓦)

(2) 이조시대에 깔린 기초 잡석들 아래쪽으로 백제 때의 커다란 초석이
묻혔구나.

(栗石期の基礎栗石の下にして百濟の多き礎石埋れる)

(3) 군수리에서 예전 발굴되었던 절터는 다시 묻혀 버려 퍼렇게 풀 자
랐네.

(軍守里の發掘されし寺趾は又埋められて草靑みけり)

(4) 성터자리라 하는 것은 이름만 남아 백제의 들판에 내선일체 큰 신
궁을 세운다.

(城址といふは名のみのこりたる百濟野に內鮮一体の大宮を建つ)

(5) 희끄무레히 산에 해가 뜰 무렵 신성스러움 안개에 젖어들어 평제탑
이 보인다.

(ほの白む山の旦の神々しき露に霑れて平濟塔見ゆ)

(6) 근로봉사대 깃발을 내세우고 백제 들판에 모여서 서있구나 오백 명
젊은이들.

(勤勞奉仕隊の幟押立て百濟野に集ひて立てり五百の若人)[37]

위의 (1)~(3)을 지은 가지하라 후토시(梶原太)는 건설현장에서 토목기
수[38]로서 직접 작업에 참여하여 「부여신도 건설초(抄)」라는 제목으로 단
카를 지었다. 그 다음 (4)~(6)의 세 수는 스기하라 다즈코(杉原田鶴子)라
는 교사[39]가 지은 것인데, 부여를 신의 도읍이자 신성한 도읍으로 건설
하기 위해 학생들 오백명을 근로봉사대로 인솔하여 '내선일체'를 상징
하는 부여신사 조영에 참여한 생생한 현장을 그려내고 있다. 모두 단카
의 기록문학적 성격을 드러낸다.

백제에 대한 인식을 살피고자 할 때 주목할 점이라 하면 백제의 기와

나 초석 등의 자취가 '이름만 남'거나 '매립'이나 '묻혀' 있다는 표현이 다용되고 있다는 사실이다. 이를 '이조시대'나 '평제탑'과 같은 용어의 사용과 더불어 생각한다면 백제라는 문화 종주국의 역사가 조선 땅의 서글픈 패주나 패배의 묻혀버린 유물로 인식되고 있다는 것을 드러내기 때문이다. 특히 평제탑은 현재 국보9호로 지정되어 있는 부여의 정림사지 오층석탑을 가리키는데, 당나라의 장군 소정방(蘇定方)이 백제를 평정한 후 기공문(紀功文)을 새겼으므로 백제를 평정했다는 속칭으로 평제탑이라는 오명으로 불리었다.

이것은 백제에만 국한되는 것이 아니라 조선 시대를 거쳐 근대 한국으로 이어져 다음과 같은 단카도 지어진다.

> 바다를 건너 왕이 몇 번인가 도망쳐서 온 역사는 슬프구나 전투하는 시대에.
> (海渡り王いくたびか脱れ來し歷史はかなし戰へる代に)[40]

이 단카는 강화도를 가제로 한 작품으로, 여기에서도 역시 작자는 아픈 역사의 질곡이 묻어 있는 장소 강화도를 조선의 패배와 멸망이라는 비관적 시선으로 바라보고 있다. 한반도의 역대 왕조와 해당 지역에 얽힌 패망의 과거 역사를 결부시키는 시선이 단카에 노출되는 사례들이라 할 수 있다.

일제 말기 재조일본인들에게 조선은 '내선일체'의 휘호 아래 하나가 되어야 할 대상이었기 때문에 언어나 식습관 같은 비근한 생활의 소재로 익숙해진 정도나 관찰자적 거리감을 보였다. 그러한 경향에서 크게 벗어난 것이 한반도의 고대 국가 백제에 대한 관심과 강조였는데, 백제

예술에 대한 평가와 찬탄은 부여를 신도로 만들어 고대 일본과의 연결 지으려는 노력과 직결되었다. 그러나 그 전제에는 백제가 한반도에 슬픔을 남기고 역사에 묻힌 패주의 국가라는 인식이 놓여 있음을 알 수 있었다.

# ▌제4장 수석

1) 엄인경 「신민지 조선의 일본고전시가 장르와 조선인 작가-단카(短歌)·하이쿠(俳句)·센류(川柳)를 중심으로」『민족문화논집』 제53집, 2013, pp.101-102. 필자는 이 논문에서 『국민시가』에 참여한 조선인 가인은 5명이라 헤아렸다. 그런데 이중 남기광(南基光)은 미나미 모토미쓰라는 일본인으로 보여 이를 수정하는 바이다.

2) 田中初夫, 「國民文學序論」『國民詩歌』(十月號), 國民詩歌發行所, 1941.10, pp.7-11.

3) 末田晃, 「短歌の歷史主義と伝統二」『國民詩歌』(十月號), 國民詩歌發行所, 1941.10, pp.17-18.

4) 각 단카의 출처는 (1)創刊號 p.88, (2)創刊號 p.94, (3)十月號 p.52, (4)第2卷第8號 p.19, (5)第2卷第10號 p.80.

5) 국사편찬위원회 한국사데이터베이스(http://db.history.go.kr)의 직원록자료에 따르면 와타나베 오사무는 경상북도의 와룡국민학교의 훈도(訓導)라고 기록되어 있다. 이하의 직원록자료는 모두 이에 따른다.

6) 土松新逸의 단카, 『國民詩歌』(創刊号), 國民詩歌發行所, 1941.9, pp.67-68.

7) 岩坪巖의 단카, 『國民詩歌』(創刊号), 國民詩歌發行所, 1941.9, p.44.

8) 한국학데이터베이스 직원록 자료에 의함.

9) 岩坪巖의 단카, 『國民詩歌』(十二月號), 國民詩歌發行所, 1941.12, p.50.

10) 단카의 출처와 작가는 (1) 野津辰郎, (2) 坂元重晴(이상 十月號 p.65), (3) 稻田千勝, (4) 井村一夫, (5) 岩谷光子(이상 『國民詩歌集』 pp.10-11)이다.

11) 國民詩歌連盟, 「後期」, 『國民詩歌集』, 國民詩歌發行所, 1942.3, p.96.

12) 각각 坂元重晴, 西願寺信子의 단카로 『國民詩歌』(第2卷第8號), 國民詩歌發行所 1942.8, p.21, p.76에 수록되어 있다.

13) 『만요슈』의 초기를 대표하는 여류 가인으로 7세기 귀족.

14) 道久良 단카의 가제로 삼은 노래, 『國民詩歌』(創刊号), 國民詩歌發行所, 1941.9, p.47.

15) 현재의 시코쿠(四國) 마쓰야마(松山) 항구 근처를 가리키는 옛 지명.

16) 『만요슈』에도 누카타노 오키미의 노래라고 되어 있고, 미치히사 역시 그에 따르고 있지만, 고증에 따르면 이 노래의 작자는 사이메이 천황이라고 한다. 小島憲之 外校注·譯 『万葉集1』(新編日本古典文學全集6) 小學館, 1994, pp.29-30.

17) 이 외에도 「백제의 땅을 구원하실 천황의 군대 이끌고 배를 출범하게 한 노래가 바로

이것(百濟救援のおほみ軍を統へますと船出し給ひし御歌ぞこれ)」「대륙의 문화 나에게 전달해
준 어머니 같은 나라도 잇따라서 멸망해 버렸구나(大陸の文化をわれに伝へたる母なる邦もつ
ぎて亡びぬ)」 등의 단카도 잇는데, 『국민시가』 단카에서 강조된 백제의 표상에 관해서
는 뒤에서 더 다루기로 한다.

18) 末田晃「前號歌評(一・二)」『國民詩歌』(十月號), 國民詩歌發行所, 1941.10, p.79.

19) 堀全의 단카, 『國民詩歌』(十月號), 國民詩歌發行所, 1941.10, p.51.

20) 단카의 작자와 출처는 (1) 皆吉美惠子(創刊號, p.85), (2) 小林凡骨(十二月號, p.52), (3) 岩谷
光子(十二月號, p.79), (4) 中島雅子(十二月號, p.80) (5) 南村桂三(十二月號, p.54)이다.

21) 齋藤富枝의 단카, 『國民詩歌』(創刊号), 國民詩歌發行所, 1941.9, p.86.

22) 각 단카의 작자는 (1) 佐々木かず子(「군대 게타의 끈 제작」이라는 소재가 제시되어 잇
음), (2) 小林惠子, (3) 三鶴千鶴子, (4) 吉田竹代이며 十月號, pp.67-68에서 인용하였다.

23) 이 단카의 작자는 나카지마 마사코(中島雅子)이며 12月號, p.80과 第2卷第8號, p.72에서
인용하였다.

24) 中野俊子의 단카, 『國民詩歌』(十二月號), 國民詩歌發行所, 1941.12, p.87.

25) 이 단카들의 작자와 출처는 (1) 末田晃(十二月號 p.71), (2) 小野紅兒(十二月號 p.78)이다.

26) (1)은 創刊號, p.68, (2)는 十二月號, p.54에서 인용.

27) 노즈 다쓰로(野津辰郎)는 한국학데이터베이스 직원록에 1941년 경성제국대학 의학부
조수(助手)로 나와 잇다.

28) 김윤식, 앞의 책(『최재서의 『국민문학』과 사토 기요시 교수』), pp.27-31에서 『국민문학
』과의 관련에서 경성제국대학(특히 법문학부)의 후광과 영향력을 논하고 잇는데, 위에
인용한 가인들과 『국민시가』의 주력자 스에다 아키라 역시 경성제국대학 출신에 경성
제대 도서관의 직원이었던 것을 고려하면 『국민시가』 역시 일제 말기의 경성제대와
상당히 깊은 관련성을 가졌을 것으로 보인다.

29) 美島梨雨,「愛國短歌鑑賞」,『國民詩歌』(第2卷第10號), 國民詩歌發行所, 1942.11, p.17.

30) 野末一,『國民詩歌』(第2卷第10號), 國民詩歌發行所, 1942.11, pp.79-80.

31) 작가와 출처는 (1) 藤本虹兒(十二月號, p.87), (2) 小林凡骨(創刊號, p.69), (3) 下脇光夫(十二月
號, p.49)

32) 瀨戶由雄의 단카, 『國民詩歌』(創刊號), 國民詩歌發行所, 1941.9, p.46.

33) 한국학데이터베이스 직원록 자료에 의하면 총독부 학무국 사회교육과 소속의 고고학,
미술사학자이다.

34) 末田晃의 단카, 『國民詩歌』(創刊號), 國民詩歌發行所, 1941.9, p.42.

35) 미에현(三重縣) 이세시(伊勢市)에 잇는 신사. 황거(皇居)가 제사하는 최고의 존재로서 신
사의 격 중 최상위.

36) 辻子實『侵略神社』新幹社, 2003, pp.187-189. 참고로 이 책에 의하면 일제강점기 조선
반도에 세워진 신사는 천 곳을 상회한다고 한다.

37) 단카의 작자와 출처는 (1)-(3)梶原太(十月號, p.67), (4)-(6)杉原田鶴子(十二月號, p.83). 杉原
田鶴子의 경우 원문에 杉原田鶴라고 되어 잇으나 다른 호에서 杉原田鶴子라고 되어 잇

으므로 오식으로 본다.

38) 한국사데이터베이스 직원록 자료에 의하면 1941년 당시 충청남도 내무부 토목과 토목 기수였다.

39) 한국사데이터베이스 직원록 자료에 의하면 1941년 당시 충청남도 삽교국민학교의 훈 도(訓導)였다.

40) 渡邊陽平, 『國民詩歌』(十二月號), 國民詩歌發行所, 1941.12, p.56.

## 1. 1940년대 초 한반도 일본어 시단

앞서 일제 말기의 일본어 시와 관련된 연구경향을 살펴본 바 있는데, 이광수, 김종한, 주요한과 같은 한국인 메이저 시인들을 중심으로 연구가 진행되거나, 재조일본인 시인 중에서는 경성제대 교수 사토 기요시(佐藤淸)의 시가 분석된1) 정도라 할 수 있다. 그러나 일체의 문예잡지가 폐간된 이후 한반도에서 극히 제한된 잡지 간행만이 허락된 당시, 『국민시가』의 시들은 당시 시 문단의 주도적 위치에도 불구하고 연구에서 전면적으로 다루어진 적이 없었다.

『국민시가』 현존 본 여섯 호에 수록된 시인과 가인, 창작시와 단카의 수를 수치만으로 비교하면, 시가의 균형적 배치를 의도했음에도 불구하고 시(인)보다는 가(인)의 수가 월등히 많은 것을 알 수 있다. 하지만 『국민시가』에 참여한 조선인 시(인)의 수는 조선인 가(인)의 수보다 비율적으로도 절대적 수치로도 훨씬 많다. 일본 전통의 음수율과 문어체에 기반한 단카 창작이 시 창작에 비해 난해하기 때문에 조선인 작가들의 참가율이 저조했을 것은 추측하기 어렵지 않다. 물론 『국민시가』에 단카 작품을 창작한 조선인으로 김인애(金仁愛), 한봉현(韓鳳鉉), 남철우(南哲祐), 최봉람(崔峯嵐) 등이 있지만, 작품 수와 비율은 매우 적다. 이에 비해 『국민시가』의 시에는 식민지 조선의 이중언어 시인들의 시 작품이 다수 게재되어 있으며, 이점에서도 시 잡지로서의 『국민시가』 특징이 도출되리라 생각한다.

[표 4] 『국민시가』와 『국민문학』의 일본어 시 대조표

|  | 『국민시가』의 일본어 시<br>(1941년 9월 창간호~1942년 11월, 도합 6호) | 『국민문학』의 일본어 시2)<br>(1941년 11월 창간호~1945년 5월, 도합 37호) |
|---|---|---|
| 일본인 시인/시 | 62명 / 123편 | 27명 / 93편 |
| 조선인 시인/시 | 23명 / 40편 | 17명 / 43편 |
| 합계 | 시인 85명 / 시 163편 | 시인 44명 / 시 136편 |

이 표는 지금까지 1940년대 한반도의 일본어 문학을 논할 때 가장 주요하게 다루어진 『국민문학』의 시(인)와 그에 선행한 『국민시가』의 시(인)의 수치를 비교한 것이다. 『국민시가』 현존본의 간행 연도도 그렇게 길지 않고 현존하는 잡지 숫자도 훨씬 적지만 시가 전문 잡지답게 『국민시가』에는 『국민문학』 보다 압도적으로 많은 시와 시인을 확보했던 것을 알 수 있다.

『국민시가』의 시를 많이 수록한 일본인 시인들은 아마가사키 유타카(尼ヶ崎豊), 이마가와 다쿠조(今川卓三), 아베 이치로(安部一郎) 등이며 이들은 여섯 호 모두에 그들의 시가 게재되었다. 『국민시가』에 시가 수록된

조선인은 도합 23명인네 상문희(姜文熙), 구자실(具滋吉), 김성린(金璟麟), 김경희(金景熹), 김북원(金北原), 김기수(金圻洙), 김상수(金象壽), 가네무라 류사이(金村龍濟, 김용제), 유하국(柳河國), 이춘인(李春人, 본명 이강수), 임호권(林虎權),3) 시로야마 마사키(城山昌樹, 본명 미상), 신동철(申東哲), 이와타 샤쿠슈(岩田錫周, 본명 미상), 양명문(楊明文),4) 윤군선(尹君善), 아사모토 분쇼(朝本文商, 본명 미상), 조우식(趙宇植), 주영섭(朱永涉), 히라누마 분포(平沼文甫, 윤두헌), 히라누마 호슈(平沼奉周, 윤봉주),5) 가야마 미쓰로(香山光郞, 이광수), 홍성호(洪星湖) 등이 이에 해당한다. 이들 중에서 시로야마 마사키가 6편으로 가장 많고, 가야마 미쓰로(이광수)가 그 다음으로 5편을 게재하였다.

이 중 『국민시가』와 『국민문학』 두 매체에 모두 시를 게재한 시인은 일본인은 아마가사키 유타카, 야나기 겐지로(柳虔次郎), 데라모토 기이치(寺本喜一), 스기모토 다케오(杉本長夫), 아베 이치로, 다나카 하쓰오(田中初夫), 가와바타 슈조(川端周三)의 7명이며, 조선인은 가네무라 류사이(김용제), 김기수, 양명문, 조우식, 주영섭, 시로야마 마사키 6명이다. 가야마 미쓰로(이광수), 히라누마 분포(윤두헌), 김경희, 이마가와 다쿠조 등을 비롯하여 1940년대 최대 문학잡지인 『국민문학』에 시를 게재하지 않은 일본인과 조선인 시인 다수가 『국민시가』에만 시를 수록한 것을 확인할 수 있다.

이상에서 분석하였듯이 『국민문학』과 비교하여 『국민시가』에 참여한 시인들의 숫자와 일본어 시의 현상 및 분포를 보더라도 이 잡지를 주도한 시인들의 작품을 고려하지 않는다면 실제 1940년대 전반 일본어 시단의 동향과 구체적인 시 작품의 특징을 이해할 수 없을 것이다. 이러한 의미에서도 이 책은 『국민시가』의 일본어 시의 분포와 시인 및 작품에 관한 분석을 통해 이 잡지의 창작 시 특징과 시인들을 규명하는 최초의 시도가 될 것이다. 이하『국민시가』의 실제 시 작품과 이 잡지의 시론에서 표방하는 시의 상(像)이 어떠한 관련이 있는지, 나아가 1940년대 초 한반도에서 이루어진 일본어 시의 특징은 무엇인지를 도출하기 위해『국민시가』의 시 작품을 대략 셋으로 유형화하여 자세히 고찰하도록 한다.

## 2. 유형별로 본 시의 특징 1- 전쟁시

국민시가연맹의 목적과 성격 상『국민시가』에는 전반적으로 시국에 부합하려는 일본인 시인들에 의한 다양한 국책시와 조선인 시인들에 의한 친일시가 다수 포함되어 있다. 특히 1942년 3월의 특집호『국민시가집』의 47편의 시는 그 「편집후기」에서 보듯, '본 집(=국민시가집)은 무훈에 빛나는 제국 육해군 장병 각위에게 본집을 통해 우리의 감사의 뜻을 전하고, 아울러 그 노고를 위문하고자 하여 약 천 부를 증쇄'하였고, '황국의 새로운 국민 서정의 건설을 목표'6)로 한 것인 만큼 전쟁을 찬미하고 황국의 위대함을 노래하는 시 일색이라 해도 과언이 아니다. 따라서 여기서는『국민시가』의 시를 유형별로 구분하여 명백히 대동아전쟁에 협력하는 국책시들의 표현상의 특성을 분석하기로 한다.

중일전쟁 이후 일본 국가주의에 협력하는 국책문학이 애국문학, 총후문학으로 일컬어지고, 1940년대 초 '국민문학'으로 일반화되었다.7)『국민시가』의 많은 평론에서 '국민문학'으로서의 일본어 시와 단카 정신이라는 것이 다루어지고 있다는 점에서도, 이 잡지 내의 시 작품은 국책시의 비중이 압도적으로 많음을 부인할 수 없다.

특히나 진징의 현징이나 진쟁 상황 자체를 묘사하여 선의를 고취하는 계통의 시가 가장 두드러진다. 이 분류에 속하는 시들의 경우 직접 표현된 전쟁은 1937년 발발하여 성전(聖戰)으로 일컬어진 중일전쟁에서 1941년 12월 시작된 태평양전쟁, 그리고 동남아시아 각 지역의 침략 전쟁이었던 '남양(南洋)'의 묘사8)에 이르고 있으며, 전황에 따라 시에서 그 지역의 이름과 배경이 묘사된다.

> 녹슬지 않는 기름에 뜬 빗방울을 칼끝에 싣고
> 나는 항공지도를 더듬는 비행사의 손끝을 따른다
> 신징(新京) — 장군묘(將軍廟)
> 기류가 소용돌이치는 싱안링(興安嶺) 쒀웨얼지(索岳爾齊) 산맥
> 자작나무 숲은 원시에 뒤덮이고
> 또한 진기한 짐승 한다한이 서식하는 야라호수를 넘어
> 망막의 사막으로 — 전장으로 —
>       — 아베 이치로(安部一郎) 「조용한 결의(静かな決意)」 일부9)

이상은 아베 이치로의 시 「조용한 결의」의 일부로 적진을 향해 돌진하는 병사들과 전장의 모습이 '신징(新京)', '싱안링(興安嶺)' 산맥, '야라호수'을 위시한 '만주'의 대륙, 몽골 인근의 사막을 배경으로 그려져 있다. 더구나 중국 동북지방 다싱안링(大興安嶺) 산맥에 서식하는 힘세고 위엄이 있는 큰 사슴과 흡사한 동물로 중국인들에게 신성시된 '한다한'과 같은 진기한 짐승을 등장시켜 이국정서와 현장감을 높이고 있다. 여기서 '원시에 뒤덮이고'라는 표현은 이러한 처녀지로서의 이국정서를 아득한 문명 이전의 시기로 돌이켜 제국일본에 의해 문명의 광명을 받아야 할 이미지를 강조하고 있다는 점에서 시작(詩作) 의도가 잘 나타난 곳

이라 보인다.

이 시뿐 아니라 전쟁시로 분류되는 시들에는 창간호의 「담배」(모리타 요시카즈), 10월호의 「출정」(아마가사키 유타카), 「훈련」(이마가와 다쿠조), 「장고봉(張鼓峰) 회상」(아오키 미쓰루), 「구름」(다니구치 가즈토), 「전장의 들판에」(고다마 다쿠로), 「동란」(나카무라 기요조), 「전장의 친구에게」(에하라 시게오), 12월호의 「산화(散華)-노몬한 전투 초(抄)」(아베 이치로), 「기러기」(가와구치 기요시), 「이야기」(요시다 쓰네오), 『국민시가집』에 가장 많이 수록되어 「남국에 전사하다」(아사모토 분쇼), 「바다밑」(우에다 다다오), 「위대한 아침」(에자키 아키히토), 「격멸」(에하라 시게오), 「선전」(가야마 미쓰로), 「전지의 학생에게」(가와구치 기요시), 「묵도」(기타가와 기미오), 「소년의 결의」(김경린), 「하와이 공습」(기무라 데쓰오), 「델타」(사이키 간지), 「결전보(譜)」(사네카타 세이이치), 「유채꽃」(신동철), 「싱가폴 함락」(다나카 하쓰오), 「세기의 아침」(다니구치 가즈토), 「기원2602년」(데라모토 기이치), 「생일」(나카오 기요시), 「축 싱가폴 함락」(히카와 리후쿠), 「전승의 세모」(히라누마 분포), 「말레이 폭격」(박병진), 「위대하구나 일본의 이 날」(야마다 아미오), 1942년 8월호의 「자폭에 부치다」(아마가사키 유타카), 1942년 11월호의 「일억의 투석기」(아마가사키 유타카) 등이 있다.

이러한 시들에서는 시기에 따라 전쟁확장과 공간이 변화가 보인다. 1941년 창간호(9월)와 10월, 12월호에는 '후룬베이얼'과 '노몬한 전투', '장고봉(張鼓峰)', '야블로노이 산맥'과 같이 '지나(支那)'와 '만주'로 일컬어진 중국 대륙과 몽골 및 '소련'과의 국경 등이 시의 배경으로 등장한다. 구체적으로 창간호에서는 「위문꾸러미에 부쳐」(시바타 지타코)에 '지나', 「길」(아베 이치로)에 '만주', 「담배」(모리타 요시카즈)에 '라트비아, 우크라이나, 베이징', 「귀환병」(가와구치 기요시)에 '후룬베이얼', 10월호에서는 인용한 「조용한 결의」, 「장고봉 회상」(아오키 미쓰루)에 '장고봉', 「전장의 들판에」(고다마 다쿠로)에 '장강(長江=양자강)', 12월호에서는 「산화—노몬한 전투 초」(아베 이치로)에 '몽골', 「기러기」(가와구치 기요시)에 '야블로노이 산맥'과 '만리장성' 등이 언급되었다.

그러다 1942년 3월의 『국민시가집』부터는 1941년 12월 8일 개전된 태평양전쟁을 전면에 내세우며 하와이(布哇, 진주만)와 캘리포니아, '남양'으로 공간 확대된다.[10] 특히 괌, 홍콩, 마닐라를 거쳐 1942년 2월 15일 싱가폴 함락에 이르기까지 이국을 무대로 일본의 전승을 그림으로써 읽는 이로 하여금 생경한 환경에 놓인 병사들의 모습을 임장감 있게 묘출하는 방법을 취하고 있다.

이러한 '대동아'의 대륙과 태평양의 바다, 하늘이라는 현장에 놓인 병사들은 대부분은 전사(戰死)를 각오하고 있으며 특히 하늘에서 '지는 꽃(散華)'으로 미화된다.

> 창유리에 맞으며 피는
> 검은 꽃들이여
>
> 아아 빛나는
> 산화(散華)의 장려함
> ― 시로야마 마사키(城山昌樹) 「소나기(驟雨)」 후반부[11]

『국민시가』의 전쟁시에서 소나기는 아열대 지방의 스콜을 일컫는 경우가 많다. 이 시에서 소나기는 격앙과 광분이라는 고조된 감정 상태를 나타내는데 이윽고 '검은 꽃'으로 피어난다는 식으로 형상화된다. 임종국의 『친일문학론』 이후 조선인 친일문학자로 알려진 본명 미상의 시로야마 마사키[12)의 시 「소나기」에서 보듯이, 소나기에서 피어난 '검은 꽃들'의 무수한 죽음은 빛나고 장려하게 지는 꽃, 즉 '산화'로 표상되고 있다.

한편 하늘에서의 죽음이 '지는 꽃'이었다면 대륙 벌판에서의 죽음과 바다에서의 수장(水葬)도 다음과 같은 표현을 낳는다.

주검에 풀이 무성히 나도
주검은 물에 완전히 잠기어도
주검은 하늘에 지더라도
　그저 오로지 대군의 더욱 번영하심을 축도하네
　　　　　—기타가와 기미오(北川公雄) 「묵도(默禱)」 일부13)


육·해·공에서의 죽음은 각각 '풀 맺다(草むす)', '잠기다(水漬く＝身盡く, 몸이 다하다와 발음이 같음)', '지다(散る)'라는 아어(雅語)와 묶여 미화된 도식으로 정형화되었다고 할 수 있다.

즉, 『국민시가』의 국책시, 그리고 『국민시가집』에서 가장 많은 유형을 보인 전쟁시들에서는 유라시아 대륙과 동남아시아, 태평양 동쪽으로 확대되는 전황에 따라 포탄이 빗발치는 전쟁터의 이국적 정서와 환경, 혹은 지명을 직접 드러내어 전장의 현장감을 높이려는 의도가 두드러짐을 알 수 있었다. 그리고 확대된 전장만큼 대륙, 바다, 공중에서 무수히 전사하는 병사들의 죽음을 정형화된 시어로 표현함으로써 전쟁과 죽음을 미화하고자 하는 수법이 내재되어 있음을 확인하였다.

## 3. 유형별로 본 시의 특징 2-황국신민의 자부심

이상의 전쟁시 유형이 중일전쟁 이후 시간의 추이에 따라 공간적으로 확산된 전쟁의 현황을 직접 노래하는 경향이었다고 한다면, 이번 절에서 다루는 유형에 속하는 시들은 시간적인 뒷받침을 통해 전쟁 수행을 합리화하고, 은유를 통해 일본의 '국민', 즉 황국신민으로서의 자부심을 드러낸다고 할 것이다. 팔굉일우와 대동아공영권이 수 천 년 역사를 담보한 일본이 중심이기에 가능하고 타당하다는 시들이 여기에 속한다. 『국민시가』 창간호의 첫 번째 시 「신하의 도리(臣道)」가 이 유형의 시 특성을 잘 보여준다.

오늘처럼 내일도 또 있어야 하네.
몰래 차오르는 감격을 신의 길이라 의지하고 바싹 뒤쫓아오는 거대한 동력을 등에 없고 나는 외치네. 참아라, 참아라, 일본의 스프처럼.
예전 이 천에 얼굴을 붉힌 국민의 서정 노래 소리에 더럽혀진 길을 지금 엄중한 국가의 의지가 간다.
더구나 새로운 분노의 방위로 땅껍데기가 만드는 기복에 따라 충성을 이어받는 자의 격정의 노래는 간다.

넘어가야만 하는 시대의 흉벽을 잡고 오르며 천성적으로 덤벼드는 격한 목숨과 닮아 내 속옷은 표표히 바람을 감고 있는 것이다.
그렇다. 너는 이러한 신화를 들은 적이 있느냐. 아아, 일장기조차도 스프로 만들어지는 오늘이 있었다는 것을.
― 우에다 다다오(上田忠男) 「신하의 도리」 일부14)

후반부의 일부만 인용하였으나 우에다 다다오의 시 「신하의 도리」에

서 반복되는 '스프'는 스태이플 화이버(staple fiber)의 줄임말로 면이나 모
와 같은 천연섬유가 고가였던 시기에 대용품으로 사용된 합성섬유이다.
이 시 전반부에 보이는 '빛나는 역사', '정신의 흐름', '후예의 영광'은,
'시대의 흉벽' 즉 동양의 중심인 일본이 놓인 '일장기조차도 스프로 만
들어지는 오늘'의 현실을 의연히 극복하고 인내해야 할 정서적, 의무적
의지로 승화시키는 동력이다. 결국 어려운 현실을 황국신민으로서 '신
도'(=신하의 충성된 도리)로 나아가는 것 자체가 마지막 연에서 드러나는
것처럼 '신화(神話)'가 되는 것이다.

> 영원한 모습의 그것들이 신대(神代)와 같이 오셔서 맞이할 것을 오랫동
> 안 나는 꿈꾸고 있었다.
> 나는 삼십년을 살고
> 삼천년의 역사를 배우고
> 삼만년의 태고를 알고
> 지금 전에 없던 민족의 집결에 직면하고 있다.
> (…중략…)
> 나를 관통하는 윤리는 날개를 얻고
> 초토의 미개의 하늘을 난다.
> 과거의 금빛 솔개처럼
> ── 이와세 가즈오(岩瀬一男) 「금빛 솔개처럼(金鵄のやうに)」 일부15)

이 시에서 보듯 '나'(=일본인)는 '삼천년의 역사'와 '삼만년의 태고'라
는 일본의 시간적 길이와 직결되며, 일본 신화에서 진무(神武) 천황이 정
벌을 나갈 때 활에 내려앉았다는 금빛 솔개를 인용하여 현재 시점의 전
쟁을 '신대(神代)'의 정벌 신화로 치환하여 이 전쟁에 대한 당위성을 보
증하고 있다. 금빛 솔개, 즉 금치(金鵄)는『국민시가집』의 조우식 시「마

당에 노래하다」에서도 역시 오랜 전통과 역사의 상징으로 등장한다. 금빛 솔개는 제2차 세계대전 때까지 무훈이 뛰어난 일본 군인에게 수여되던 것이 '금치 훈장'인 것과 아울러 생각하면 그 상징성과 전통성이 신화에 근거하는 것을 알 수 있다.

일본이 가진 신성함의 관념은 천황가와 신화의 역사에 의해 보장되며 이러한 역사는 현재에 재현되어 일본의 '윤리'를 보증한다. 또한 점령해야 할 공간은 '미개'의 영역으로서 영토 확장의 의도를 합리화하고 있는 것이다. 이는 「신화」나 「천손강림」과 같은 제목의 시처럼 노골적인 경우도 있으며, '선조의 목소리', '신의 나라의 후예', '조상의 혼', '선조들의 혼', '선조의 피, 신의 음성'16)이라는 형태로 드러나며 이러한 역사성의 강조를 통해 대동아공영권의 맹주로서 일본의 자격을 정당화, 합리화하고 있다.

같은 맥락에서 다음 시를 보기로 한다.

> 우리의 아시아다. 우리의 생명권이다. 우리의 여명이다.
> 철혈의 흐름이다. 열화의 태풍이다.
> 날갯짓하는 승리의 역사와 황혼의 만종이여.
> 검은 리본의 나비들이여 날아올라라.
> 꿈의 나라, 신화의 숲에
> 아시아의 하늘은 미소 짓는 것이다.
> 아시아의 태양은 장미로 피는 것이다.
> ― 홍성호(洪星湖) 「아시아의 장미(アジアの薔薇)」 일부17)

아시아라는 십억의 생명권을 이끄는 '꿈의 나라', '신화의 숲' 일본이 '아시아의 태양'으로서 '장미'로 표상되는 것을 알 수 있다. 은유의 수

법을 살린 (2)유형의 시에서 붉은 '장미'는 일장기(＝욱일승천기)의 '태양'으로서 일본을 표상하는 상징물18)이 된다.

이처럼 황국신민으로서의 도리를 바탕으로 대동아공영권을 정당하게 보고 일본을 그 중심에 놓은 시들에서는, 신대로부터 이어진 긴 역사적 정통성을 현재로 소환하여 과거 역사를 재현하는 수법이 반복적으로 이루어지고 있다. 그 때문에 현재(1940년대 초)의 전쟁을 수행하는 세대에게 청각적으로 '선조의 목소리'가 계속 작용하는 것이며, 시각적으로 일본은 일장기의 붉은 태양처럼 '아시아의 장미'라 노래된 것이다.

## 4. 유형별로 본 시의 특징 3 – 인간 본성과 연계한 총후시

전쟁의 현장을 직접 묘사하거나 일본이 아시아의 맹주가 되어 '대동아공영권' 건성의 당위성을 은연중에 합리화하는 유형 외의 국책시는, 전장이 아닌 후방 이른바 '총후(銃後)'를 지키는 사람들의 시라 할 수 있다. 전쟁 참여에서 한 걸음 떨어진 여성이나 아이들, 또는 귀환병은 전쟁에 나간 누군가의 아내이거나 자식, 혹은 형제나 친구였다. 이처럼 총후 국책시에는 가족애와 형제애, 벗에 대한 그리움과 같은 인간 본연의 정서를 내면화하여 이를 전쟁과 결부지어 간접적으로 전쟁수행에 협력하고 전의를 고취하는 내용이 많다.

이 유형 중 대표로 꼽을 만한 시인은 시바타 지타코(柴田智多子)로 『국민시가』에 다섯 편이 수록된 그녀의 시 중에는 비국책시로 구분될 시19)도 있지만, 다음 시들에서 총후 국책시의 전형을 읽어낼 수 있다.

:

병사님

나는 이 위문품 꾸러미를 꿰매면서 여러 가지 감사하는 마음에 머리가 숙여집니다. 오랜 전쟁의 세월을 거쳐도 여전히 우리는 마음 편하게 있을 수 있고 이렇게 위문품 꾸러미를 만들며 어린 아이 마음에도 샘솟아 오르는 병사님에 대한 감사의 마음을 생각하면 고마운 나라에 태어난 기쁨에 절절히 마음이 젖어듭니다.

— 시바타 지타코 「위문꾸러미에 부쳐(慰問袋にそえて)」 일부[20]


"황군의 무운 장구하기를 빌고, 영령들에게 감사하며, 총후의 봉공을 맹세하며 묵도……"

이것은 국민의 매일의 기도입니다.

(…중략…)

아버지를, 자식을, 남편을, 형제를 바치고, 진중하게 그리고 용감하게 집을 지키는 어머니여, 자식이여, 아내여,

엄숙하게 사랑스러운 그 나날에 합장합니다.

— 시바타 지타코 「여성의 기도(女性の祈禱)」 일부[21]


다섯 살 순진무구한 아이가 전장의 병사에게 보내는 위문꾸러미를 싸주며 엄마가 덧붙이는 편지 형식을 빌고 있는 위의 시에는 '오랜 전쟁'에도 불구하고 '병사님'과 '고마운 나라'에 대한 감사로 일관되어 있다. 아래 시에는 그야말로 부부, 부모자식 간, 형제라는 인간 본연의 혈육의 정을 바탕으로 황군으로 나선 사람들과 호국영령에 대한 감사, 총후를 지키는 사람으로서의 맹세가 전면에 드러나 있다.

시바타 지타코 외에도 일본의 미래를 짊어질 동량인 소년들에 대한 기대[22]나 출정가는 남편의 의연한 모습을 응원하는 아내의 결의,[23] 전사한 형제나 전우를 찬미하는 등 가족애를 비롯한 인간 본연의 정리(情

理)를 초월한 '국가애', 즉 '애국'이 총후의 시에 기반을 이루고 있다고 하겠다. 창간호의 「귀환병」(가와구치 기요시), 「벗을 기억하다」(후지모토 고지), 12월호의 「늦 가을 짧은 풀」(다니구치 가즈토), 『국민시가집』의 「푸른 해변의 푸른 묘」(아베 이치로), 「그」(이케다 하지메), 1942년 11월호의 「추풍기」(이마가와 다쿠조) 등이 이에 속한다.이 유형의 시들은 전쟁 수행이라는 행위를 인간의 가장 본연적인 관계, 즉 부모와 자식, 부부, 형제, 친구 사이라는 본연의 인정(人情)과 등치(等値)시킴으로써 전쟁 수행 자체가 인간 내면의 자연스런 본성인 것처럼 이미지화하는 프로파간다의 역할을 수행하고 있다고 할 수 있다.

이 외에도 『국민시가』에는 진정한 예술이란 국책 전통에 조응하는 것이라 보고 '펜=총'으로서 기능한다는 신념을 보이는 예술(문학)지향주의 표방 작품24)이나, 총후에서 출정가지 않는 대신 생산 현장에 늠름히 임한다는 의지를 노래한 시25)도 있어 국책시의 다양한 폭을 보여준다.

## 5. 『국민시가』의 시론과 비(非)국책시의 위치

지금까지 시국에 부응하는 『국민시가』의 시들이 당시의 시대적 문맥과 어떻게 연관되어 있는지, 그리고 국책시의 전체적 특징을 살펴보았다. 이들 국책시는 전쟁을 찬미하거나, 천황가나 일본 전통의 우수성을 강조하거나, 총후에서 전쟁의 필연성과 이에 대한 국민의 의무를 상기시키는 등 다양한 양상을 띠고 있었지만, 어쨌든 그 시들이 공통으로 지향하는 방향은 당시 전쟁수행과 국책에 부응하는 국민정신을 고양하고자 한 '국민문학', '국민시'라는 논리에 적극 부응하는 형태였다. 환언하면 이러한 국책시들은 국민시가연맹의 기관지로서 『국민시가』가 표방하는 시가론, 정확히 말하면 시론에 근거한 것이라 볼 수 있을 것이다. 실제 이 잡지에는 시, 단카의 문학작품뿐 아니라 상당 분량의 문학론과 가론, 시론이 게재되어 있어 한반도의 일본어 시가문학의 방향을 적극 지도하고자 했다.

다만 『국민시가』의 출발기인 1941년 9월 창간호, 10월호, 12월호에는 시론다운 시론이 매우 부족하다. 가인(歌人)들에 의한 『만요슈(万葉集)』를 중심에 둔 단카의 현대적 의의가 '국민가(歌)'의 핵으로서 많은 평론을 통해 고민되던 것에 비해, '국민문학/문화' 혹은 '국민시'에 관해서는 이 하의 의견 정도이다.

(1) 자유주의사상이 유행한 시대에는 전쟁에 대한 문화의 우월성을 주장할 수 있었다. (…중략…) 국토는 전쟁에 의해 지키지 않으면 안 된다. 문화는 전쟁에 협력하여 스스로를 지키지 않으면 안 된다. 이 현대전(現代戰)의 성격과 현대 문화의 성격은 긴밀하게 상호 결부하여 국가목적을 수행하고 있는 것이다.26)

(2) 시는 자유롭다, 쓰면 된다는 식의 유치한 혹은 경솔한 견지에서 출발한 점에 오늘날 시의 저조함이 있는 것을 우리는 명료히 깨달아야 한다. (…중략…) 창간호에 등재된 작품을 일별하여 느낀 것은 무엇인가, 말하건대 늠름한 시의 결핍이다. 늠름한 시란 분명한 정체를 가지고 사람 마음을 칠 수 있는 시를 가리킨다.27)

(3) 국민시는 국민에게 희망을 주어야 한다. (…중략…) 시단에서도 시국 편승이 비난받고 혐오되는 듯하다. 그것은 좋은 일임에 틀림없지만 시국편승을 비난함에 있어서 국책선전(?)과 시국편승을 혼동해서는 안 된다고 본다.28)

(1)은 『국민시가』에서 가장 많은 문학평론을 게재하고 시 작품과 노랫말 등을 남긴 국민총력 조선연맹 문화부 참사인 다나카 하쓰오(田中初夫)의 창간호 권두 평론이다. 다나카는 과거 자유주의적 문학 청산이 중일전쟁 이후 시대적 사명이며, 조선문학의 경우도 한글문학을 폐기하고 빠르게 일본의 국민문학을 내면화하여야 한다는 논리를 적극 개진하였다. 문화나 문학은 정책에 종속적이거나 협력하여야 하며 이러한 의미에서 당시의 국민문학은 '국가목적'인 전쟁 수행과 '대동아공영권' 건설에 적극 협력해야 한다는 논리이다.

(2)는 『국민시가』의 시작(詩作) 활동이 가장 활발한 아마가사키 유타카가 쓴 시평에 속하는 잡기로, 당시의 시가 저조하다는 자성 하에 창간호에 실린 시들이 사람의 마음에 와닿는 늠름한 기상이 부족하다고 지적하고 있다.

또한 (3)은 시로야마 마사키의 논설로 '국민시'란 이해하기 어려워서는 앞길이 다난(多難)할 것이며, '국민문화'를 향상시켜야 한다는 취지를 드러낸 글이다. 특히 인용부분 맥락에서는 '시국 편승'은 비난받아야 하지만 '국책 선전'과는 근간이 다른 문제이므로 서로 혼동해서는 안 된다고 주장한다.

이와 같이 적어도 『국민시가』의 평론, 시론은 중일전쟁 후 급변하는 국제정세와 일본의 국가목적을 전면에 내세우며 문학작품들도 이러한 국책에 적극 호응하는 늠름한 기상을 갖춘 내용이어야 함을 과도하게 강조하는 것 일색이었다. 그리고 아마가사키처럼 「일억의 투석기(一億の弩)」, 「자폭에 부치다(自爆に題する)」, 「정벌전(征戰)」, 「전투소식이라는 제목으로 시를 쓰다(戰信に題す)」, 「힘을 기리다(力を頌す)」, 「어뢰를 피해(魚雷を避けて)」[29]와 같이 노골적인 전쟁시를 창작하여 이를 실천하는 경우가 대다수라 해도 좋을 것이다.

협의의 시국적 제재를 문학에 무턱대고 담는다고 바람직한 국책문학이 되는 것이 아니라는 생각은, 아이러니하게도 국책문학의 범위를 확장시킨다. 이는 『국민시가』를 주재한 미치히사 료의 다음 글에서 확인된다.

> 시국이라는 것을 매우 좁게 해석하여 작품 속에 전쟁이라든가 방공연습이라든가 그런 것을 집어넣지 않으면 이 시대의 지도적인 작품이 아니라고 생각하고 있는 듯한 작가가 있다면 (…중략…) 그와 같은 사람들이 쓴 글과 지도로는 진정 민중을 지도하는 것은 불가능하다. 그러나 시국을 넓게 해석하면 유사 이래의 이 중대한 시국 하에서 이 시대를 인식하고 일본국민으로서 진정으로 꿋꿋하게 살아가려고 하는 태도가 확정된 작가가 쓴 작품은, 이른바 시국적인 것을 직접적으로 제재로 삼지 않더라도 역시 이 시국 아래 국민의 기상을 진흥할 수 있는 힘 있는 작품이 탄생할 것이라고 생각한다.30)

여기에서는 시국을 어떻게 문학에 반영할 것인가를 다루고 있는데, 미치히사는 전쟁이나 방공연습과 같은 것을 집어넣어야 한다는 협의의 국책문학을 부정한다. 그러면서 진정한 '지도'적 작품은 문예의 잠재적 힘을 생각한다면 오히려 소재보다는 작가의 태도와 성실성, 그리고 작가의 신념의 문제를 중시하는 '시국을 넓게 해석'한 문학을 주장한다. 『국민시가』의 지도적 시가문학은 민중을 지휘하여 국가의식과 전쟁 당위성, 국민의 기상을 고취해야 한다는 의미로 광의적으로 확대되는 대목이다. 한편, '이 시국 아래에서 국민의 기상을 진흥할 수 있는 힘 있는 작품이 탄생할 것'을 기다리는 미치히사와 같은 요청을 하는 내용의 시도 있다.

> 진정 위대한 시인의 출현이야말로 오랜 대망!
> (…중략…)
> 말에 혼이 담기는 행복의 나라의
> 더할 나위 없는 아름다운 여러 말들을
> (…중략…)
> 헝클어져 일고 거칠어져 가는 생각을
> 순수한 마음으로 바꾸고
> 괴로움에도 슬픔에도
> 흔들림 없는 굳센 마음을 불어넣어주는
> 아아! 숭고한 시는 없는가
> ── 시마이 후미(島居ふみ) 「수치심 없는 시인(羞恥なき詩人)」 일부[31]

'말에 혼이 담'긴다는 '언령(言靈, 고토다마) 사상'의 일본(='행복한 나라')의 아름다운 옛 전통을 기반으로 '민초의 마음을 맑게' 할 '숭고한 시', 즉 굳건한 작가 태도로 민초에게 '굳센 마음'을 불어넣는 시를 갈망하는 내용 자체라 할 것이다.

하지만 주의를 기울여야 하는 점은 이러한 『국민시가』의 문학론 ── 협의의 시국 문학과 광의의 국책 문학 ── 방향과는 이질적인, 어쩌면 이러한 방향에서 일탈한 시들이 다수 존재한다는 사실이다. 다시 말해 『국민시가집』을 제외한 잡지 『국민시가』에는 국책시로는 도저히 치부하기 어려운 시도 수십 편 수록되어 있다. 전쟁의 구체적 소재를 다룬 협의의 시국시로도, '국민'의 기상을 진흥할 광의의 국책시로도 보기 어려운 이러한 시들은 추억, 고향, 가을, 황혼녘, 일상을 다루는 내용이 많다. 이하 이 시기 주요 재조일본인 시인으로 보이는 스기모토 다케오(杉

本長夫)와 조선인 친일문학자로 알려진 시로야마 마사키 시를 보자.

> 저 먼 바다의 끝에
> 흰 구름이 춤추는 것을 보면
> 어릴 적 추억의 문은 열린다
> (…중략…)
> 어릴 적 황혼의 꿈은 좋았다
> 아주 높은 모래언덕 근처
> 친구들 모여 노는
> 향기로운 생명의 잔치
> 그 추억은 고기잡이 배의 등불이 깜박이는 듯하다
> ─ 스기모토 다케오(杉本長夫)「바다(海)」일부32)

> 가을 풀을 깔고 나는 눕는다
> 눈을 감고
> 어머니 무릎에 어리광 부리듯이
> (…중략…)
> 갑자기 나는 그을린 램프 같은 저녁빛을 느낀다
> 어느 샌가 내 눈물선이 흔들리고 있다
> 적적한 모든 모습에
> 나는 혼자 감격하고 있는 것이다
> ─ 시로야마 마사키(城山昌樹)「저녁의 곡조(夕暮のしらべ)」일부33)

위의 시는 '어릴 적 추억'을 아침, 낮, 저녁의 기억의 정경을 좇아 그리며 그 추억이 바다의 고기잡이 배 등불의 점멸과 같이 떠올랐다 사라지는 심상을 그리고 있다. 아래쪽 시 역시 가을 풀을 깔고 누워 눈을 감고 과거와 현실을 떠올리다 다시 눈을 뜨고 저녁의 적적한 모습에 감격하는 '나'가 묘사되어 있다. 고향이나 일상, 자연이나 정경, 유독 시간적 배경으로는 '저녁'이 많은 이러한 유형의 시들에서는 '나'와 같은 개인의 사(私)적 시간과 공간이 많은 것을 알 수 있다.

위의 두 시 외에도 창간호의 「수은등 있는 풍경」(에자키 아키히로), 「아카시아 꽃」(다나카 유키코), 「고요한 밤」(다나카 미오코), 「큰 파도」(시나 도루), 「고추」(이케다 하지메), 「과거」(히로무라 에이이치), 「나와 아이」(다니구치 가즈토), 10월호의 「녹색 가방」(시마이 후미), 「고추잠자리」(가와구치 기요시), 「조용한 밤」(요네야마 시즈에), 「별의 천궁」(히라누마 분포=윤두헌), 「여름 밤」(스이타 후미오), 12월호의 「저녁 노래」(히로무라 에이이치), 「가을바람 불던 날」(에나미 스미지), 「중양의 국화」(에하라 시게오), 1942년 8월호 「황혼의 보(譜)」(후지타 기미에), 「봄의 등」(기타무라 요시에), 「들은 저문다」(아사모토 분쇼), 1942년 11월호의 「역정(歷程)」(조우식), 「비오는 날에」(김경희), 「원근도 -4 가을의 노래」(주영섭), 「넓이에 관하여」(이춘인), 「단장」(시로야마 마사키), 「들뜸」(구자길), 「여행 수첩」(김상수), 「초가을부(賦)」(김기수), 「풀」(야나기 겐지로), 「황혼」(노부하라 게이조) 등이 이러한 경향의 비국책시이다.

또한 비국책시로 분류되는 시들 중에는 다음과 같이 1930년대의 모더니즘의 계열을 잇는 듯한 시도 있다.

> 카페 한 귀퉁이 장난감 기차 같은 박스에
> 연지 바르고 백분 바르고 미태와 애교섞인 웃음을 짓는 여자 남자들은
> 안이한 자위와 향락에 스스로를 잊고
> 시끄러움과 연기와 사람들의 훈기 안에
> 창백한 도시인의 신경과 재즈는 교차한다
>
> 이 데카당스트들 새디즘들

내 마음은 겨울처럼 소름끼쳐
얼어붙은 포장도로의 차가움에 가라앉는다
— 가지타 겐게쓰(加地多弦月) 「카페(かふえ)」[34]

전쟁 수행이라는 시국 문제나 '국민'으로서의 기백이 표현되기보다는, 카페라는 공간 자체는 물론이고 도시인의 향락과 퇴폐상(像)이 주된 내용이라고 할 수 있다. 시의 마지막에 이를 비판적으로 받아들이는 시인의 간접적 시선은 느껴지지만 시의 지향성은 보이지 않는다. 이처럼 이전 시대의 모더니즘 시의 수법을 이용하여 시어가 가진 상징성을 쉽사리 드러내지 않고, 사변적이며 내용적 지향점이 뚜렷하지 않은 시들도 역시 『국민시가』의 창작시 내에 산재되어 있다. 창간호의 「여름 날」(에나미 데쓰지), 10월호의 「진주 가루가」(사이키 간지), 「한여름 날」(무라카미 아키코), 1942년 8월호의 「당나귀」(주영섭), 「노래 없었다면」(야마모토 스미코), 「여행」(김경희), 「맥추기」(시로야마 마사키), 「상큼한 봄 밤」(요네야마시즈에), 1942년 11월호의 「돌」(윤군선), 「나그네」(임호권) 등이 그러하다. 이러한 유형의 시들에 조선인 시인들의 시 비율이 높다는 점도 주목할 만할 것이다.

1941년의 세 호에 비해 1942년 8월호와 11월호에서는 서너 편의 시론이 게재되어 있어서 단카 평론과 균형을 맞추려는 변화를 보인다. 시론이 강화됨에도 불구하고 '시는 정치를 지도하고 종교, 교육, 예술, 전쟁 이 모든 것을 유도하는 원천'[35]이고 '새로운 일본정신에 의한 일본주의 시를 발표해야 할 시기'[36]라는 주장이 여전히 강세를 보인다. 특히 '애국시가의 문제(愛國詩歌の問題)'를 특집으로 한 11월호에서는 일본이 처한 중대한 역사적 시국을 강하게 인식하며 '애국시'가 '정치, 경제,

군사, 과학, 기술, 문학 기타 생활 백반에 걸쳐' 중심에 위치하며 '일대 추진력 원동력이 될 수 있도록 노력하고 정진해야 하'[37]며, '국가이념에 기초하여 날갯짓하여 오'르는 것이자 '고도의 새로운 세계적 문화이념과 사명을 가진 입장에서 충분히 자유자재로 구사'[38]되어야 한다고 천명하였다.

하지만 한편으로 개성이 몰각되거나 개인적 감정을 극단적으로 무시하는 것이 현대시의 '올바르지 않은 경향'[39]이라는 지적이 같은 지상에 존재한다는 점, 그리고 1942년 11월호에 상대적으로 비국책시에 해당하는 시의 비율이 높다는 점에서 '국민시론'에 균열이 생긴 것이라 볼 수 있다. 그렇다면 '애국시가의 문제' 특집호임에도 불구하고 『국민시가』의 현존본 마지막 호가 보여주는 이러한 시 유형의 다양화와 시론의 분열, 새로운 신예 시인들의 등장은 무엇을 말하는 것일까?

앞서 살펴보았듯 『국민시가』는 1940년대 한반도 시단과 가단에서 국가주의나 대동아공영권 수행 의지를 내면화하여 국책에 적극 호응하고자 창간된 시가 잡지였다. 그럼에도 이 잡지에 상당수의 비국책시가 존재하고 평론에서 조차도 이러한 방향에 균열이 보이는 것은, 당시 시단에서 국민시 창작이 지배적인 위치를 차지하고 있었더라도 역시 시단 내부의 지향성과 실제 시작(詩作)에서는 여전히 시의 방향을 둘러싼 다양한 갈등과 분쟁이 내재되어 있음을 보여준 것이라 할 수 있다. 이러한 면에서 『국민시가』는 '국민문학' 선전의 공간임과 동시에 문학의 방향을 둘러싼 1940년대 초 한반도의 일본어 시단의 혼돈상을 여실히 드러낸 잡지였다고 하겠다.

1) 관련 연구에 김윤식의 앞의 책(『최재서의 『국민문학』과 사토 기요시 교수 : 경성제대 문과의 문화자본』), 「사토 기요시(佐藤淸) 시에 나타난 식민지 조선의 전통예술」(『한국 민족문화』 제48집, 부산대학교 한국민족문화연구소, pp.33-60)이 있다.

2) 『國民文學』의 일본어 시는 사희영 역, 『잡지 『國民文學』의 詩 世界』(제이앤씨, 2014)를 참 조하였다.

3) 이 중 김경린, 김경희, 김기수, 이춘인은 임종국 『친일문학론』 신인작가론(pp.458-478) 에서 약간 다루어졌고, 다른 시인들에 대해서는 거의 알려진 바가 없다. 임호권은 전후 김경린 등과 함께 모더니즘에 기반한 신시론(新詩論) 활동을 했다.

4) 양명문(1913-1985년)의 호는 자문(紫門)이고 평양 출생이다. 극작가 김자림(金玆林)이 부 인이다. 1942년 일본 도쿄센슈대학(東京專修大學) 법학부를 졸업하였으며, 1944년까지 동경에 머무르면서 문학 창작을 연구하였다. 광복 후 북한에 머물러 있다가 1·4후퇴 때 월남하였다. (『한국민족문화대백과』 한국학중앙연구원, 2014.12.12. 검색)

5) 히라누마 분포와 같은 창씨를 한 것으로 보아 윤두헌과 형제인 윤봉주로 추측된다. 윤 봉주는 1940년 5월 1일에 도쿄 쇼가쿠사(獎學社)에서 발행한 순문학동인지 『업(業)』의 편집겸 발행인으로 이 잡지는 국판 창간호만 나온 것으로 확인되며, 일본에 유학하고 있던 문학청년들이 순수문학을 표방하고 만든 동인지로 특별한 어떤 주의나 경향은 없 었다고 평가된다. 『업』의 동인은 윤봉주 외에 김병길(金秉吉), 장세무(張世武), 탁시연(卓 時淵), 문성빈(文星彬), 김희선(金喜善) 등이 있었다고 한다. 잡지 『업(業)』에 관해서는 『국 어국문학자료사전』(한국사전연구사, 1998)을 참조.

6) 國民詩歌連盟 「後記」 『國民詩歌集』 國民詩歌發行所, 1942.3, p.96.

7) 김응교, 「일제말 조선인이 쓴 일본어시의 전개과정」, 『현대문학의 연구』 38호, 한국문 학연구학회, 2009, p.181.

8) 이 시기 일본어 잡지와 일본어 시에 드러난 '남양' 표상과 언설에 관한 분석은 鄭炳浩 「1940年代韓國作家の日本語詩と日本語雜誌の＜南洋＞言說研究」(『日本學報』 第86輯, 韓國日本學 會, 2011, pp.219-234)에 상세하다.

9) 安部一郎의 시, 『國民詩歌』(十月號), 國民詩歌發行所, 1941.10, p.56.

10) 『국민시가집』에 수록된 시제만 보더라도 「남국에 전사하다」, 「격멸」, 「하와이 공습」,

「싱가폴 함락」(같은 제목 2편), 「축 싱가폴 함락」, 「전승의 세모」, 「말레이 폭격」, 「12월 8일」와 같이 태평양전쟁을 직접 지명이 수반된 전투명을 거론하며 구체적 전승을 소재로 전쟁 수행을 옹호하는 국책시임을 알 수 있다.

11) 城山昌樹, 「驟雨」, 『國民詩歌』(十月號) 國民詩歌發行所, 1941.10, p.74.

12) 시로야마 마사키(城山昌樹)는 임종국, 이건제 교수, 앞의 책(『친일문학론』), pp.468-469에서 다루어진 이래로 '일제의 대동아건설 구호에 철저히 복무하는 태도'로 '민족적 정체성과 근대성을 탐색했던 문학의 소중한 영역을 반민족적 친일의식으로 채우는 과오를 범'한 시인으로 평가되고 있다. 박경수 「일제 말기 재일 한국인의 일어시와 친일 문제」 『배달말』 32호, 배달말학회, 2003, pp.27-57.

13) 北川公雄, 「默禱」, 『國民詩歌集』, 國民詩歌發行所, 1942.3, p.61.

14) 上田忠男, 「臣道」, 『國民詩歌』(創刊號), 國民詩歌發行所, 1941.9, p.48.

15) 岩瀬一男, 「金鵄のやうに」, 『國民詩歌集』, 國民詩歌發行所, 1942.3, p.54.

16) '선조의 목소리'는 「역두보」(尼ヶ崎豊, 창간호), '신의 나라의 후예'는 「삼 척을 나는 독수리」(上田忠男, 10월호), '조상의 혼'은 「가을 창 열다」(增田榮一, 10월호), '선조들의 혼'은 「망향」(今川卓三, 12월호), '선조의 피, 신의 음성'은 「전투소식이라는 제목으로 시를 쓰다」(尼ヶ崎豊, 12월호)에 각각 나오는 표현이다.

17) 洪星湖, 「アジアの薔薇」, 『國民詩歌集』, 國民詩歌發行所, 1942.3, p.65.

18) '붉은 장미=일장기=일본'의 의미를 지니는 시는 몇 편 더 있는데, 특히 같은 『국민시가집』에서 태평양전쟁 개전과 승리 하에 일본이 1942년이라는 새해를 맞는 기대감을 노래한 스기모토 다케오의 「위대한 해(大いなる歲)」의 '십이월의 어두운 하늘로부터 / 붉은 장미 꽃은 피었도다'(『국민시가집』, p.73)라는 구절에서도 드러난다.

19) 10월호의 「엄마의 꿈(母の夢)」에서는 백설공주의 앞부분 인용하며 다섯 살 딸이 배우는 말에 대해 갖는 엄마로서의 당부가 그려져 있고, 12월호의 「여심단장(女心斷章)」(柴田智多子로 오기)에서는 남편에 대한 고마움과 미안함, 기다림을 표현했다. 또한 1942년 8월호의 「어린 자(稚き者)」는 아이를 야단치는 무심한 엄마의 처사를 묘사한 것이다. 이들 시에서 전쟁 색채를 직접 읽어내기는 어렵지만, 시바타 지타코의 시 전체를 통해서 보면 총후를 지키며 일본의 미래(=아이)를 키워내고 남편을 성실히 뒷받침하는 자기 역할에 대한 의식이 강하게 보이므로 전체적으로 총후 국책시에 전형적으로 부합하는 시인으로 볼 수 있다.

20) 柴田智多子, 「慰問袋にそえて」, 『國民詩歌』(創刊號), 國民詩歌發行所, 1941.9, pp.50-51.

21) 柴田智多子, 「女性の祈禱」, 『國民詩歌集』, 國民詩歌發行所, 1942.3, p.69.

22) 창간호의 아오키 미쓰루(靑木中) 「아이들(子供たち)」, 마스다 에이이치(增田榮一) 「여름의 의지(夏の意志)」 1942년 8월호의 이마가와 다쿠조(今川卓三) 「벚꽃(櫻)」등의 시가 이러한 내용을 담고 있다.

23) 『국민시가집』 시마이 후미(島居ふみ)의 「아내의 결의(妻の決意)」에 "드디어 나갈 때가 왔다며 조용히 미소짓는 남편 / (…중략…) / 나의 가슴은 긴장되고 / 새로운 결의에 눈꺼풀이 뜨거워진다"(p.70)는 구절이 있다.

24) 창간호 「수치심 없는 시인」, 10일호 「기을 창 열다」, 「각성」 등에서 진정힌 민족의 예술, '펜'='총', 시인은 애국심에 호소해야 한다는 내용 등이 확인된다.

25) 田原三郎, 「大漁讃歌」, 『國民詩歌』(十月號), 國民詩歌發行所, 1941.10, p.71.

26) 田中初夫, 「朝鮮に於ける文化の在り方」, 『國民詩歌』(創刊號), 國民詩歌發行所, 1941.9, p.11.

27) 尼ヶ崎豊, 「雜記(一)」, 『國民詩歌』(創刊號), 國民詩歌發行所, 1941.9, p.80.

28) 城山昌樹, 「國民詩に關聯して」, 『國民詩歌』(十月號), 國民詩歌發行所, 1941.10, pp.61-62.

29) 「일억의 투석기」부터 「힘을 기리다」까지는 『국민시가』에 수록된 시이며, 「어뢰를 피해」는 『國民文學』 1944년 8월호에 게재된 시이다. 이 외에도 아마가사키는 『國民文學』 1942년 10월호에 시 「등산자(登山者)」를 수록했다.

30) 道久良, 「時評」, 『國民詩歌』(十二月號), 國民詩歌發行所, 1941.12, pp.44-45.

31) 島居ふみ, 「羞恥なき詩人」, 『國民詩歌』(創刊號), 國民詩歌發行所, 1941.9, pp.51-52.

32) 杉本長夫, 「海」, 『國民詩歌』(創刊號), 國民詩歌發行所, 1941.9, p.54.

33) 城山昌樹, 「夕暮のしらべ」, 『國民詩歌』(十二月號), 國民詩歌發行所, 1941.12, pp.89-90.

34) 加地多弦月, 「かふえ」, 『國民詩歌』(十月號), 國民詩歌發行所, 1941.10, p.95.

35) 尼ヶ崎豊, 「詩並に詩人について」, 『國民詩歌』(第2卷第8號), 國民詩歌發行所, 1942.8, p.42.

36) 德永輝夫, 「詩に於ける英雄性」, 『國民詩歌』(第2卷第8號), 國民詩歌發行所, 1942.8, p.45

37) 尼ヶ崎豊, 「愛國詩の反省」, 『國民詩歌』(第2卷第10號), 國民詩歌發行所, 1942.11, p.10.

38) 德永輝夫, 「愛國詩歌の再檢討」, 『國民詩歌』(第2卷第10號), 國民詩歌發行所, 1942.11, p.13.

39) 平沼文甫, 「現代詩の問題―詩の大衆性について―」, 『國民詩歌』(第2卷第10號), 國民詩歌發行所, 1942.11, pp.37-38.

제6장
# 식민지 조선 문단에서 『국민시가』의 역할과 『조선시가집(朝鮮詩歌集)』

## 1. 『국민시가』의 의의와 역할

문학을 운문과 산문이라는 이분법으로 장르 구분을 하여 본다면, 이 책은 지금까지 파편적으로밖에 알려진 바가 없었던 한반도 '일본어 문학' 운문 장르를 문학잡지 『국민시가』를 중심으로 개관하고자 한 최초의 시도라고 할 수 있다. 식민지 '일본어 문학' 연구나 조선인 작가의 이른바 '이중언어 문학' 연구는 산문, 특히 소설 장르가 단연 연구의 중심적 위치를 차지하였다. 그러나 『국민시가』의 전사(前史)에서 보았듯이 일본 전통시가, 특히 단카 장르가 식민지 문단에서 얼마나 폭넓고 일관된 형태로 존재했으며 시대적 추이에 따라 다양한 내용성을 가지고 있었는지 확인할 수 있었다.

또한 1940년대 한반도 '일본어 문학'에서 그 중요성에 비해 주목받지 못했던 잡지 『국민시가』와 그 모체인 국민시가연맹의 탄생과정, 잡지의 목적과 그 안에서 주장된 논리에 관하여 고찰해 보았다. 『국민시가』는 『국민문학』에 두 달 가량 먼저 창간되어 『국민문학』보다 앞서서 다양한 형태로 '국민문학'론을 전개하였던 문학 잡지였다. 『국민시가』의 '국민문학'론은 이 문학잡지가 단카를 중심으로 하는 시가 잡지라는 특수성으로 인해 일본의 고전성과 단카의 역사성을 강조하는 부분에 가장 큰 특징이 있다고 할 것이다. 그리고 '조선 가단'이 40년간 축적하였던 무시할 수 없는 현지 시가론 역시 1930년대 조선색(朝鮮色)이라는 로컬 컬러의 특성을 계승하고 있는데, 이는 일본의 전통과 역사성만을 보려는 논리와 상충되는 면이 있다는 것 또한 이 문학잡지의 특색이라 할 수 있다. 이러한 국민시가에 관련된 논리 충돌이 조선인 문학자와 내지 출신 일본인 문학자간에 일어나기보다, 반도의 문학자를 자처하며 오랜 시간 반도의 가단에 몸담은 재조일본인들 사이에서 발견된다는 점이 『국민시가』의 현저한 특징이라 할 수 있다.

이러한 '국민시가연맹'의 활동과 『국민시가』의 간행은 태평양 전쟁이 한층 격화되면서 1943년 조선문인보국회의 일부로 또 다시 통합·흡수된다. 기존 연구에서 말하듯 조선문인보국회 결성에 이르러 재조일본인 문인들과 『국민문학』을 거점으로 한 조선인 문인들이 일본어창작의 장에서 비로소 조우하게 된 것이 아니라, 그 이전 단계 즉 1920년대에 이미 식민지 조선에서 일본어 문학이 창작되는 현실의 문제와 모순을 감지하면서 가인들과 조선인 문인들이 서로를 인식하고 있었다는 것은 『국민시가』 이전의 한반도 가단사(歌壇史)가 시사하는 바이다.

한편 『국민시가』에서 강조된 문학의 실천은 곧 수많은 시인들과 가인들에 의한 시와 단카의 창작 작품이라 할 수 있기 때문에 실제 작품을 분석할 필요성이 있었다. 단카는 차지하고라도 이광수, 김용제, 주요한 등을 비롯하여 1940년대 일본어로 '친일시'를 창작한 주요 조선인 시인 들의 연구가 광범위하게 이루어졌음에도 불구하고 『국민시가』에 수록된 그들이 창작한 여러 편의 시들은 연구대상에서 누락되어 있었기 때문이 다. 그래서 단카 작품과 시 작품을 유형별로 분류하고 그 특징을 파악 하고자 하였다.

지금까지 본격적 연구의 대상이 된 적 없는 『국민시가』, 그 중에서도 단카 작품을 제재의 측면에서 분석하고 단카 이론, 즉 가론(歌論)과 실제 창작과의 관계를 고찰해 보았는데 그 결과 다음과 같은 내용들을 알 수 있었다. 우선 『국민시가』는 국책에 부응할 강력한 목적 하에 창간된 잡 지였으므로 전쟁의식을 고취하고 일본의 승리를 구가하는 노래하는 경 우가 당연히 많았다. 그러나 단카라는 고전적 장르는 고대 천황들의 신 화를 끌어옴으로써 현재 수행하는 전쟁을 황군의 정벌전으로 정당화하 는 도식으로 형상화한 특이성이 있다. 그리고 총후 생활을 그린 단카도 국책에 따라 전쟁을 뒷받침하는 것에 주안점이 놓여 있기는 하지만, 다 양한 현실적 고민이 반영되면서 억압된 상황 하에서 개인적 고립, 현실 과 이상의 괴리가 그려져 오히려 국책에 반하는 성격의 단카도 산견되 고 있었다.

또한 『국민시가』가 식민지 조선에서 간행된 잡지인 이상 한반도의 역 사나 조선인에 대한 인식이 중심테마 중 하나였는데, 이는 특히 백제의 표상화를 통해 드러났다. 게다가 '부여신궁'의 조영으로 상징되듯 백제 는 예술적 높이를 지닌 한반도의 고대 국가로 크게 주목을 받는다. 그 러나 재조일본인 가인들의 시선에 백제는 고대 아스카 시대의 일본과 직결되거나, 멸망하여 묻혀버린 패배의 슬픈 한반도 역사를 상징하는 표상으로 기능하였다.

어떤 경우든 천삼백 년의 단카 전통을 담지하는『만요슈』의 내용과 표현에서 자유롭지 않았다는 것이 이 시기의 단카 문학에서 잘 드러나는 면모이다. 그리고 국책문학과 거리가 있거나 조선적 색채가 드러나는 단카들은 1942년 후반기에 들어 횡행하는 '애국'의 유행 속에 점차 자취를 감추게 되고 정형률의 파괴가 점차 확대된다. 여기에서 스스로를 '반도 가단'의 담당자로 자부한『국민시가』가인들의 행보를 확인할 수 있었다.

마지막으로『국민시가』의 시 작품을 전체적으로 점검하고 그 경향과 특성을『국민문학』시와 대조하여 짚어보았는데, 시가 전문잡지인 만큼『국민시가』에는 지금까지 1940년대 '국민문학' 논의의 중심이었던『국민문학』에 비해 압도적으로 많은 시인들이 참여하고 다수의 시가 게재되어 있는 것을 확인하였다.

전쟁, 총후, 애국이라는 키워드로 점철된 것처럼 보이는 이들 시의 내용적 유형을 분류하여『국민시가』의 시가 갖는 종횡의 폭을 정밀하게 분석하는 방식으로 접근하였는데, 먼저 태평양 전쟁 개전 이후 싱가폴 함락이라는 전승을 기념한『국민시가집』에서 보듯 시작품들은 강력한 시국적 요청으로 국책에 부응하는 것들이 대다수였다. 이는『국민시가』의 '국민문화론'이나 '국민시론'에 적극 호응하는 형태로 탄생한 것이었으며, 유형별 분류에서 파악하였듯 1940년대 한반도의 일본어 '국민시'의 기원을 보여주는 것이라 할 수 있다. 또한 이 잡지에는 광의의 국책시로도 수렴될 수 없는 작품들이 수십 편 수록되어 있는데, 이것은 1930년대 모더니즘 시의 영향과『국민시가』내의 '시론'이 일관되지 않은 데에서 기인한 바도 있는 것으로 파악된다. 물론 이에 포함되지 않거나, 각 유형이 서로 동시에 구현, 혹은 혼재하고 있는 등 단독으로 분리하기 어려운 시도 있었지만, 이러한 내용이 일제 말기 한반도를 석권한 '국민시'와 '애국시'에 근접한 실체라 볼 수 있을 것이다.

1941년부터 1942년까지 일본어 국책시의 선험적 존재로서 『국민시가』의 이러한 유형들이 이후에 전개된 국책시의 기원을 보여주면서 대량으로 창작되었다. 특히 『국민시가집』은 국책시 일색으로, 그 안에 담긴 모든 시는 시인의 정체성을 막론하고 이번 장에서 다룬 세 유형 내에 모두 포함되는 전쟁시, 혹은 총후 국책시로 '국민시가'가 지향한 시의 방향을 정확히 구현해낸 국민시가발행소의 작품집이었다.

## 2. 1943년 또 다른 '국민시가'집 『조선시가집(朝鮮詩歌集)』

잡지로서의 『국민시가』는 1942년 11월호까지만 확인이 되지만, 국민시가발행소에서는 1943년에도 두 권의 작품집을 간행하였다. 이 두 권은 일제 말기에 마지막으로 확인되는 일본어 시가문학 작품집이라 할 수 있다. 1943년 3월 간행된 『애국 백인일수 전석(愛國百人一首全釋)』은 스에다 아키라가 1942년 11월 일본문학보국회가 발표한 '애국 백인일수'에 대해 해석을 가한 단카 주석집이라 할 수 있다.

'애국 백인일수'란 창작된 동시대에 창작된 단카들이 아니라 일본의 고대 '만요 시대'부터

[그림 21] 『애국 백인일수 전석』의 표지

'헤이안(平安) 시대', '가마쿠라(鎌倉)·무로마치(室町) 시대', '에도(江戸) 시대'에 이르기까지 '애국'의 정열을 노래했다고 여겨지는 와카(和歌)들을 대동아전쟁 수행에 사기 진작을 위해 선별한 것이다. 일본에서는 큰 무리 없이 널리 알려지고 암송될 수 있는 이 '애국 백인일수'를 조선에서도 널리 알리기 위해 '매우 평이하고 알기 쉬'운 주석을 시도한 것이 바로 『애국 백인일수 전석』이다. 이 작품집은 부록으로 「애국 단카집(愛國短歌集)」을 싣고 있는데, '애국 백인일수'에서 제외된 와카들 중에서도 스에다 아키라가 탁월하다고 판단한 작품들을 수록하고 있다. 일본의 고대부터 에도(江戸) 시대에 이르기까지 '애국'의 개념과 대상이 일정하지 않음에도 불구하고, '대동아전쟁'의 전의를 고취하는 도구로 고전 와카를 당시의 필요성과 구미에 맞게 선별하고 이를 해석한 것이다. 이『애국 백인일수 전석』은 1942년 11월호의 특집 주제인 '애국시가의 문제'라는 맥락을 계승한 간행물이라 볼 수 있다.

현재 확인 가능한 문헌 중에서 국민시가발행소의 마지막 간행물은 1943년 11월 간행된 『조선시가집(朝鮮詩歌集)』이다. 『조선시가집』은 『국민시가』 현존본 여섯 호의 완역과 연구서를 집필하는 과정에서 뒤늦게 원본이 발굴되었다. 『조선시가집』은 「조선 시집」과 「조선 단카집」으로 분리되어 구성되었고 각각의 후기를 두고 있다. 『조선시가집』은 이 두 편의 후기와 시인 18명의 시 32편(1명 당 1-2편), 가인 19명의 단카 133수(1명 당 7수)로 구성된 간단한 체제의 시가집이다.

단카 쪽은 이전과 마찬가지로 스에다 아키라와 미치히사 료가 편집위원으로서 연명으로 후기를 작성하였다. 이 편집후기에서는 바야흐로 시국이 '학도병 총출진'의 시기로 접어들었고, '학도 출진'이라는 '비원(悲願)과 닮은 아름답고 장려한 감정'을 가지고 이에 적합한 작품을 조선

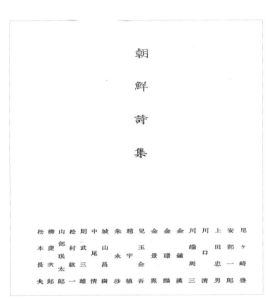

[그림 22] 국민시가발행소 간행의 마지막 작품집 『조선시가집(朝鮮詩歌集)』의 첫 페이지

재주의 작가에 한하여 선정하여 편집했다고 밝히고 있다. 19명 가인들
중 조선인은 확인되지 않으며 대부분이 이전 『국민시가』에 단카를 투고
한 작가들이다. 전쟁 찬미와 전의 고취의 내용이 주되며 테마로서는 조
선의 '징병제 실시' 경축이나 '학도 출진' 격려가 많다. '이기기 위한 문
학이 아니면 안 된다는 것에는 한 치도 의심의 여지가 없'었고, '천황
나라의 문학 외길로 나아가는 것이 우리의 마지막 목표'1)라는 천명(天命)
에서 전쟁에 종사하는 문학 외에는 의미가 없다고 하는 전쟁 문학의 종
착점을 감지할 수 있다.

　　조선 반도의 아이들도 자라서 천황의 나라 지킬 방패로 서는 날 찬란
하게 필 벚꽃.
　　(半島の子らも育ちて大君のみ楯と立たむ日の櫻花)2)

1920년대 전반부터 20년 이상 한반도의 대표 가인으로서 늘 '조선'을 의식했던 미치히사 료가 스스로 수록한 이 작품에서 결국 미연(未然)의 '조선 단카'를 읽어낼 수 있을 뿐이다.

이에 비해 시 쪽은 특기할 만한 내용이 많다. 우선 18명의 시인 중 김종한, 김경린, 김경희, 조우식, 주영섭, 시로야마 마사키(본명 미상), 마쓰무라 고이치(주요한) 이상 7명이 조선인 시인으로 재조일본인 시인에 비해 구성 비율이 크게 증가한 것이 가장 눈에 띄는 특징이다. 기존에 『국민시가』의 시 쪽을 리드한 것은 아마가사키 유타카였으나 그가 출정 중(出征中)[3]이었기 때문인지 시집 편집위원은 조우식과 김경희, 두 조선인 시인이 연명으로 후기를 작성하고 있다. 시 쪽 편집의 권한이 조선인 시인에게 있었다는 것이 「조선 시집」의 조선인 시인 비율이 4할에 육박한 원인이었다고 볼 수 있겠다. 그 맥락에서 섭외가 되었을 것으로 추측되는데, 김종한의 「대기(待機)」와 「동녀(童女)」라는 시 두 편이 국민시가발행소의 간행물에 수록된 것도 특기할 만하다.

조우식과 김경희에 의한 시집의 편집 후기는 조선의 일본어 시단을 화두로 삼고 있다.

> 조선의 국어(=일본어) 시단이 형성된 것은 최근 이삼 년이다. 그것은 조선 문학의 숙명적 추이에 의한 전환에 의해 결정된 것이며, 필연적으로 많은 희생과 혼돈과 곤란에 둘러싸여 있으면서도 진정한 황민화 의식을 동반하는 신문화 이념에 의해 강인하게 태동한 것이다. (…중략…) 조선의 국어 시단은 확고히 건설될 수 있었던 것이다. 이렇게 확립된 시단은 (…중략…) 새로운 시인들의 참여에 의해 풍요롭게, 그리고 엄격하게 문화전(文化戰)의 일익으로서 영위될 것이다.[4]

조선에 일본어 시단이 형성된 것을 1940년대 이후로 보고 있는 점이 흥미로운데, 1920-30년대 재조일본인 시인들에 의해 간행된 시 전문 잡지에 조선인이 참여한 흔적이 보이지 않았던 사실과 조응되는 내용이라고 하겠다. 그리고 단카 쪽과 마찬가지로 문학을 '문화전'의 일익을 담당하는 역할로 파악하고 있고, 조선인 문학자로서 일본어 시단에 종사하게 된 경위를 '조선 문학의 숙명적 추이에 의한 전환'으로 위치지우고 있다. 하지만 여기에서 주의해야 할 것은 '국어'로서 일본어 사용이 강요된 1940년대에 갑자기 조선인들이 일본어 시 창작을 시작한 것이 아니라는 점과, 이 책에서 살펴본 것처럼 재조일본인 문학가들에 의한 문단 의식과 창작 활동이 20년 이상의 경력 위에 있다는 점이다.

물론 한반도의 일본어 시단과 가단의 역사와 전개 양상에는 당연히 상당한 차이가 있을 것이며, 특히 시단의 흐름은 『조선시가집』을 종착지에 놓고 시대를 역으로 거슬러 올라가는 방식으로 분명히 규명되어야 할 추후의 연구 과제라 할 것이다.

## 3. 한반도 일본어 시가 연구와 향후의 과제

이상 1941년 9월의 『국민시가』의 창간호부터 1943년 11월 국민시가발행소가 간행한 작품집 『조선시가집』에 이르기까지 그 체계와 구성, 평론과 주장, 단카 작품, 시 작품 등에 관해 전체적으로 정리해 보았다. 일제 말기 시가문학에서 가장 중추적 역할을 했음에도 본격적으로 연구된 적 없는 국민시가연맹과 『국민시가』, 국민시가발행소의 구체적 활동과 창작의 내용을 상술한 셈이다. 그럼에도 불구하고 한반도 일본어문학사에서 다음과 같은 연구 과제는 여전히 남아 있다.

우선 시 쪽에서 보자면, 첫째로 바로 앞에서 말한 것처럼 『조선시가집』을 실마리로 한반도의 일본어 시단의 족적을 역으로 추적해 보는 작업이 필요하다. 실제 시 분야도 1900년대 초창기부터 일본어 잡지에 지속적으로 게재되어 있었고 1920년대에 들어가면 재조일본인의 시(詩) 전문 잡지도 등장하였다. 이러한 의미에서 한반도 일본어 문학 중 시문학에 관한 연구는 자료 발굴과 더불어 앞으로 반드시 개척되어야 할 분야라 할 수 있다.

둘째로, 다수의 조선인 시인이 참가한 『국민시가』의 시단에서 재조일본인 시인과 조선인 시인들의 시에 있어 근본적 차이가 있는지, 『조선시가집』까지 시야에 넣어 보다 정치한 고찰이 필요할 것이다.

셋째로, 도저히 국책시라고 분류할 수 없는 시들도 상당수 포함되어 있는데, 모더니즘 계열로 보이는 이들 시어의 상징성을 당시 다른 시들과 비교 고찰하여 이 계열 시들이 지향하는 바와 의미를 도출하는 작업도 요구된다.

넷째로, 예술과 시를 쓴다는 것에 대한 의식을 드러내는 시들이 있는데, 이는 마치 중세의 혼카도리(本歌取り)5) 기법처럼 한 편의 시를 읽었을 때 그에 내재된 또 다른 시가가 중첩되어 읽힌다. 예를 들어 창간호의 「미쓰자키 겐교(光崎檢校)-「추풍의 곡(秋風の曲)」에 부쳐」(다나카 하쓰오), 12월호의 「라이 산요(賴山陽)의 어머니로부터」(사이키 간지(佐井木勘治)), 1942년 11월호의 「바싹 곁에 앉은 나를 지켜보시며 말씀하시네 뭐라 말씀하시네 나는 자식이니-모치키(茂吉)」(아베 이치로(安部一郎))와 같은 시가 이에 해당하는 예라 할 수 있다. 이러한 시들은 유명한 쟁곡(箏曲) 「추풍의 곡」과 유명한 역사가 라이 산요의 일화와 저서, 사이토 모키치(齋藤

茂吉)의 단카 자체를 제목으로 삼고 있다. 시의 표면에서 드러내는 내용은 시의 배경, 혹은 내부의 유명한 원작에 대한 지식을 필요로 하고, 이 지식이 공유된 독자와 그렇지 않은 독자에게는 시에 대한 감상과 이해는 천양지차가 될 결정적 요소이다. 이중 구조를 가진 이러한 시들에 관한 정밀한 분석이 불가결하다. 이러한 후속 연구로 1940년대 초 한반도를 배경으로 창작된 일본어 시의 본질이 더욱 분명히 드러날 것이라 생각한다.

다음으로 단카 분야의 가장 큰 연구 과제라면 단연 재조일본인 가인들에게 있어서 '조선'과 '조선적인 것'은 과연 무엇이었으며 이에 관한 관념이 어떻게 변질되었는가에 관한 규명이라 할 것이다. 재조일본인 가인들이 중심이 되어 간행된 『국민시가』의 '국민문학'론에서 일본 단카의 역사와 전통성이 조선의 풍토와 현실에 배치되어 그들의 이론에서 모순을 노정하고 있다. 이러한 문제는 『국민문학』에서 보이는 최재서를 위시한 '조선인' 작가와 '재조일본인' 작가의 문학이론 및 주장이 서로 상충하는 양상과는 대비되는 특징으로서도 중요하다.

1920년대부터 1930년대에 걸쳐 '조선' 및 '조선적인 것'에 대한 강렬한 애착과 관심으로 '조선'의 고유성을 인정하며 '조선적 단카'의 수립을 희망하던 재조일본인 가인들은, 1940년대 만세일계 천황에 대한 예찬, 조선, 조선문화에 대한 '황국신민화'의 주장 등 '애국'과 '국책'의 논리 속으로 자신들의 논리가 변용되면서 자기 모순을 낳을 수밖에 없었던 것이다. 이 모순은 20년 이상 한반도 가단의 핵심적 인물이었던 미치히사 료에게서 가장 극명하게 드러나며, 스에다 아키라 이하 다른 주요 가인들에게서도 대동소이하게 나타난다. 이러한 논리의 파탄을 단절적인 작품 발췌로 구성하기보다는 가인의 단카 창작 활동에 초점을

맞추어 연속선상에서 추적하는 이의 문제를 추급해야 할 것이다. 문헌
에 관련된 기록에 비해 현존본이 현저히 적게 남아 있어 아쉽지만, 이
번 『국민시가』 현존본의 완역 작업처럼 앞으로도 중요 문헌의 발굴과
수집 작업도 지속해 나갈 계획이다.

# 제6장 주석

1) 末田晃・道久良,「後記」,『朝鮮詩歌集』, 國民詩歌發行所, 1943, p.110.

2) 「朝鮮短歌集」,『朝鮮詩歌集』, 國民詩歌發行所, 1943, p.106.

3) 「朝鮮詩集」,『朝鮮詩歌集』, 國民詩歌發行所, 1943, p.2.

4) 趙宇植・金景熹,「後記」,『朝鮮詩歌集』, 國民詩歌發行所 1943, p.68.

5) 유명한 옛 노래나 어구(語句), 혹은 발상, 취향 등을 의식적으로 연상하게끔 창작하는
   표현 기교의 한 방식을 말한다. 와카에서는 13세기 초의 『신코킨슈(新古今集)』 시대에
   활발히 구사되었고, 현대에는 원작 모티브를 의식적으로 드러낸 예술에도 사용한다.

# 참고문헌

■『국민시가』 텍스트

道久良(1941) 『國民詩歌』 創刊號(九月號) 國民詩歌發行所.

道久良(1941) 『國民詩歌』 十月號 國民詩歌發行所.

道久良(1941) 『國民詩歌』 十二月號 國民詩歌發行所.

道久良(1942) 『國民詩歌集』 國民詩歌發行所.

道久良(1942) 『國民詩歌』 八月號 國民詩歌發行所.

道久良(1942) 『國民詩歌』 十一月號 國民詩歌發行所.


■한국어 문헌

고려대일본연구센터 토대연구사업단(2011), 『한반도·만주 일본어문헌(1868-1945) 목록집』 1,2,8권, 도서출판 문.

고봉준(2013), 「일제 후반기 국민시의 성격과 형식」, 『한국시학연구』 제37호, 한국시학회.

구인모(2006), 「단카(短歌)로 그린 조선(朝鮮)의 風俗誌-市內盛雄 編, 朝鮮風土歌集(1935)에 對하여」, 『사이(SAI)』, 국제한국문학문하학회.

국어국문학편찬위원회(1998), 『국어국문학 자료 사전』, 한국사전연구사.

권보드래(2010), 「1910년대의 이중어 상황과 문학 언어」, 『한국어문학연구』 제54집, 한국어문학연구학회.

김보현(2014), 「일제강점기 전시하 한반도 단카(短歌)장르의 변형과 재조일본인의 전쟁단카 연구-『현대조선단카집(現代朝鮮短歌集)1938』을 중심으로」, 『동아시아 문화연구』 제56집, 한양대학교 동아시아문화연구소.

김승구(2013), 「사토 기요시(佐藤淸) 시에 나타난 식민지 조선의 전통예술」, 『한국민족문화』 제48집, 부산대학교 한국민족문화연구소.

김윤식(2009), 『최재서의 『국민문학』과 사토 기요시 교수 : 경성제대 문과의 문화자본』, 역락.

김응교(2009), 「일제말 조선인이 쓴 일본어시의 전개과정」, 『현대문학의 연구』 38호, 한국문학연구학회.

김철(2006), 「두 개의 거울 : 민족 담론의 자화상 그리기 : 장혁주와 김사량을 중심으로」, 『상허학보』 제17호, 상허학회.

나카네 다카유키(中根隆行)(2011), 「조선 시가(朝鮮詠)의 하이쿠 권역(俳域)」, 『日本研究』 第16輯, 고려대 일본연구센터.

류보선(2003), 「친일문학의 역사철학적 맥락」, 『한국근대문학연구』 제4집, 한국근대문학회.

미하라 요시아키(三原芳秋)(2012), 「'국민문학'의 문제」, 『현대문학의 연구』 47집, 한국문학연구학회.

박경수(2003), 「일제 말기 재일 한국인의 일어시와 친일 문제」, 『배달말』 32호, 배달말학회.

박광현(2010), 「조선문인협회와 '내지인 반도작가'」, 『현대소설연구』 43, 한국현대소설학회.

박수연(2006), 「일제말 친일시의 계보」, 『우리말글』 제36집, 우리말글학회.

사희영 역(2014), 『잡지 『國民文學』의 詩 世界』, 제이앤씨.

사희영(2011), 『제국시대 잡지 『國民文學』과 한일 작가들』, 도서출판 문.

엄인경(2011), 「20세기초 재조일본인의 문학결사와 일본전통 운문작품 연구-일본어 잡지 『조선지실업(朝鮮之實業)』(1905-1907)의 <문원(文苑)>을 중심으로」, 『일본어문학』 제55집.

엄인경(2013), 「『미즈키누타(水砧)』 해제」 『韓半島 刊行 日本 傳統詩歌 資料集35-俳句 雜誌篇4』, 도서출판 이회.

엄인경(2013), 「식민지 조선의 일본고전시가 장르와 조선인 작가-단카(短歌)·하이쿠(俳句)·센류(川柳)를 중심으로」, 『民族文化論叢』 第53輯, 영남대학교 민족문화연구소.

엄인경(2013), 「한반도에서 간행된 일본 고전시가 센류(川柳) 문헌 조사연구」, 『東亞人文學』 제24집, 동아인문학회.

엄인경(2013), 「『국민시가(國民詩歌)』해제」『韓半島 刊行 日本 傳統詩歌 資料集27 短歌 雜誌篇22』, 이회.

유옥희(2004), 「일제강점기의 하이쿠 연구-『朝鮮俳句一万集』을 중심으로」, 일본어문학회 『일본어문학』 제26집.

윤대석(2002), 「1940년대 전반기 조선 거주 일본인 작가의 의식구조에 대한 연구」, 『현대소설연구』 17집, 한국현대소설학회.

윤대석(2006), 『식민지 국민문학론』, 역락.

윤대석(2012), 『식민지 문학을 읽다』, 소명.

이건제(2011), 「조선문인협회 성립과정 연구」, 『한국문예비평연구』 제34집, 한국현대문예비평학회.

이계형・전병무 편저(2014), 『숫자로 본 식민지 조선』, 역사공간.

이원동(2008), 「식민지말기 지배담론과 국민문학론」, 『우리말글』 44집, 우리말글학회.

이주열(2011), 「주요한의 시적 언어 운용 방식-일본어 시를 중심으로」, 『비평문학』 제40집, 한국비평문학회.

임종국 저, 이건제 교주(2013), 『친일문학론』, 민족문제연구소.

정백수(2002), 『(한국 근대의)植民地 體驗과 二重言語 文學』, 아세아문화사.

정병호(2010), 「한반도 식민지 <일본어 문학>의 연구와 과제」, 『일본학보』 제85집, 한국일본학회.

정병호・엄인경(2013), 『한반도・중국 만주지역 간행 일본 전통시가 자료집』(전45권), 도서출판 이회.

정병호・엄인경(2012), 「러일전쟁 전후 한반도의 일본어잡지와 일본어 문학의 성립 -『한국교통회지(韓國交通會誌)』(1902-03)와 『한반도(韓半島)』(1903-06)의 문예물을 중심으로-」, 『日本學報』 제92집, 한국일본학회.

정병호・엄인경(2013), 「한반도에서 간행된 일본전통시가 문헌의 조사연구-단카(短歌)・하이쿠(俳句)관련 일본어 문학잡지 및 작품집을 중심으로」, 『日本學報』 제94집, 한국일본학회.

채호석(2008), 「1930년대 후반 문학의 지형 연구 :『인문평론』의 폐간과 『국민문학』의 창간을 중심으로」, 『외국문학연구』 제29집, 외국문학연구소.

최현식(2008), 「이광수와 '국민시'」, 『상허학보』 22집.

최현식(2013), 「일제 말 시 잡지 『國民詩歌』의 위상과 가치(1)-잡지의 체제와 성격, 그리고 출판 이데올로그들」, 『사이間SAI』 제14호, 국제한국문학문화학회.

최현식(2014), 「일제 말 시 잡지 『國民詩歌』의 위상과 가치(2)-국민시론・민족・미의 도상학」, 『한국시학연구』 제40호.

허석(1997), 「明治時代 韓國移住 日本人의 文學結社와 그 特性에 대한 調査硏究」, 『日本語文學 제3집』, 한국일본어문학회.

허윤회(2006), 「1940년대 전반기의 시론에 대하여-김종한의 시론을 중심으로」, 『민족
　　　　문학사연구』 42집, 2006.

■ 일본어 문헌

相川熊雄(1933) 「半島歌壇と眞人の展望」 『眞人』第十卷第七號, 眞人社.

市山盛雄(1936) 『朝鮮風土歌集』, 朝鮮公論社

大島史洋 外編(2000) 『現代短歌大事典』, 三省堂.

太田青丘 外編(1980) 『昭和萬葉集 卷一』, 講談社.

大村益夫・布袋敏博編(2001) 『近代朝鮮文學日本語作品集1939-1945創作篇6』, 綠蔭書房.

丘草之助 外(1929-1930) 『新羅野』第1卷第10號・第11號・第2卷第7號, 新羅野社.

笠神句山(1930) 『句集 朝鮮』, 京城日報社學藝部.

菊池武雄 編(1941) 『水砧』創刊號, 朝鮮俳句作家協會.

北川左人(1930) 『朝鮮俳句選集』, 青壺發行所.

楠井清文(2010) 「植民地朝鮮における日本人移住者の文學-文學コミュニティの形成と『朝
　　　　　　鮮色』『地方色』」 『アート・リサーチ』第10卷, 立命館大學アート・リサー
　　　　　　チセンター.

小泉苳三(1922-1924) 『ポトナム』, ポトナム社.

小島憲之 外校注・譯(1994) 『万葉集 1』(新編日本古典文學全集6), 小學館.

小西善三 編(1934) 『歌林』第2卷第1號, 朝鮮新短歌協會.

末田晃(1932) 『久木』第5卷第6號・第12號, 久木社.

末田晃, 柳下博(1932) 『久木歌集 山泉集』, 久木社.

末田晃(1942) 『愛國百人一首・付評釋』, 國民詩歌發行所.

薄田斬雲(1908) 『暗黑なる朝鮮』, 日韓書房.

崔載瑞(1941) 『國民文學』創刊號, 人文社.

鄭炳浩(2011) 「1940年代韓國作家の日本語詩と日本語雜誌の＜南洋＞言說研究」 『日本學
　　　　　　報』第86輯, 韓國日本學會.

辻子實(2003) 『侵略神社』, 新幹社.

津邨瓢二樓(1940) 『朝鮮風土俳詩選』, 津邨連翹莊.

德野鶴子(1936) 「卷末小記」 『歌集 樂浪』, ポトナム社.

戶田定喜編(1926) 「凡例」 『朝鮮俳句一萬集』, 朝鮮俳句同好會.

豊田康(2007) 『韓國の俳人 李桃丘子』, J&C.

內藤由直(2014) 『國民文學のストラテジー』, 双文社出版.

名越那珂次郎(1929)「跋」,『高麗野』, 大阪屋号書店.

西村省吾(1935‐1940)『長栍』, 朝鮮石楠聯盟.

新田留次郎(1927)「跋」『合歡の花』, 近澤茂平.

古橋信孝(2004)『誤讀された万葉集』新潮社.

細井子之助・市山盛雄 編(1924‐1945)『眞人』, 眞人社.

道久良 編(1940)『朝』10月号,『朝』發行所.

道久良(1937)『歌集 朝鮮』, 眞人社.

道久良(1938)『歌集 聖戰』, 眞人社.

道久良(1943)『朝鮮詩歌集』, 國民詩歌發行所.

山下一海 外編(2008)『現代俳句大事典』三省堂.

李相哲(2009)『朝鮮における日本人経営新聞の歴史』, 角川學芸出版.

『京城日報』(1943.4.13.)「戰ふ文人(1)朝鮮文人報告會の結成」, 京城日報社.

『京城日報』(1943.4.17.)「文人報國會の役員顔触決る」, 京城日報社.

- 『국민시가』의 가인
- 『국민시가』의 시인

잡지 『국민시가』에는 많은 가인과 시인들이 단카와 시 작품, 또는 시평과 평론 등을 게재하였다. 본 부록에서는 『국민시가』 이외의 일본어 매체에 이들이 발표한 일본어 집필 사례와 확인 가능한 인적 사항을 다음과 같이 조사하였다. 이러한 저작 리스트의 제시를 통해 가인, 시인 개인들의 『국민시가』를 전후한 작품 활동의 추이는 물론, 종전 이후의 활동상도 추적할 수 있을 것이다. 한반도의 일본어 시가단에서 『국민시가』와 그 구성원들의 위치를 보다 입체적으로 조망하는 데에 일조하는 자료로서 제시하는 바이다. 「」는 해당 가인, 혹은 시인이 게재한 작품의 제목(제목을 알 수 없는 경우는 작품 수록으로 기재), 『』는 게재글이 수록된 매체 혹은 단행본 작품집, 잡지일 경우 매체 뒤에 권호 정보를 넣고 괄호 안에는 발행소와 출판년도를 기재하였다.

## ❀ 『국민시가』의 가인

■ 가와카미 마사오(川上正夫)
  *1936년부터 1941년까지 경상북도 대구심상소학교, 청송보통학교, 진보심상
  소학교, 도개국민학교 등에서 교편을 잡은 기록.

■ 가지와라 히로(梶原太)
  「扶餘勤務奉仕行」『國民總力』第2卷 第11號(國民總力朝鮮聯盟/1940)
  *1937년부터 1941년까지 충청남도 내무부 토목과에서 토목 기사로 근무.

■ 가타야마 마코토(片山誠)
  「朋友」『朝鮮及滿洲』第397號(朝鮮及滿洲社/1941)

■ 가토 후미오(加藤文雄)
  *1937년부터 1941년까지 경성 동대문 심상소학교, 동대문 심상고등소학교,
  동대문 국민학교 등에서 교편을 잡은 기록.

■ 고다마 다쿠로(兒玉卓郞)
  *1939년부터 1940년까지 전라남도 남평의 우편소장 역임.

■ 고바야시 요시타카(小林義高)
  단카 수록 『現代朝鮮短歌集』(現代朝鮮短歌集刊行會/1938)
  단카 수록 『小林義高遺句集』(小林志げの/1988)
  *1939년부터 1941년까지 성진영림서의 기수로 근무.

■ 고에토 아키히로(越渡彰裕)
  「桑名君と僕」『朝鮮遞信』第228號(朝鮮遞信協會/1939)
  *1929년부터 1937년까지 평양우편국 구역 내의 동흥과 중강진 우편국에서

서기보(書記補)로 근무하다 1938년부터는 목포 우편국으로 옮겨 1941년까지 서기로 근무.

■ 고이데 도시코(小出利子)
*1936년부터 1940년까지 황해도 안악보통학교와 안악소화심상소학교의 교사 역임.

■ 고토 마사타카(後藤政孝)
*1931년부터 1937년까지 경성 서대문 우편국의 서기보로 일하였으며, 1938년부터 1941년까지는 체신국의 서무과 서기로 근무.

■ 곤도 스미코(近藤すみ子)
「唱歌遊戲及行進遊戲」『朝鮮の教育研究』第2卷10月號(朝鮮初等教育研究會/1929)

■ 기시 미쓰타카(岸光孝)
「時の影像」『朝鮮歌集：昭和9年版』(朝鮮歌話會/1934)
단카 수록 『眞人』第19卷-第20卷(眞人社/1941-1942)
*1936년부터 1938년까지 총독부 식산국 광산과의 기수로 근무.

■ 나카노 도시코(中野俊子)
「思ひつきの儘を」『朝運』第6券 第10號(朝鮮運送/1941)
「犬」『朝運』第6券 第11號(朝鮮運送/1941)
「軍歌」「鄕右近さんの靈へ捧ぐ」『朝運』第7券 第8號(1942)

■ 나카노 에이이치(中野英一)
*1937년부터 1939년까지 평안북도 토목과에서 토목 기수로 근무한 기록.

■ 남철우(南哲祐)
*1952년 충청남도 공주군의 유구국민학교 교감 근무 기록.

■ 노즈 다쓰로(野津辰郎)

　*1941년 당시 경성제국대학 의학부의 조수로 근무.


■ 노즈에 하지메(野末一)

　『野末一遺歌集』(好日社/1966)


■ 니시무라 마사유키(西村正雪)

　*1940년부터 1941년까지 경성 중앙전신국의 서기보로 근무.


■ 다나베 쓰토무(田邊務)

　단카 수록 『酒之朝鮮』 第12卷 第1號(朝鮮酒造調合中央會/1940)

　단카 수록 『雷魚 : 昭和一五年度水甕年刊歌集』(八雲書林/1941)

　*1938년부터 1941년까지 경성 세무감독국 하의 인천세무서 직원으로 근무.


■ 다나카 다이치(田中太市)

　*1916년부터 1933년까지 전라북도의 황등공립 심상소학교, 군산공립 심상고
　등소학교, 군산공립 실과고등여학교, 군산 고등여학교 등에서 근무.


■ 다부치 기요코(田淵きよ子)

　단카 수록 『歌集』(日本歌人聯盟/1931)

　단카 수록 『現代朝鮮短歌集』(現代朝鮮短歌集刊行會/1938)

　단카 수록 『眞人』 第7卷-第21卷(眞人社/1929-1943)

　「あかしやの花」 『朝鮮歌集 : 昭和9年版』(朝鮮歌話會/1934)

　「をさなごと私」 『朝鮮の教育研究』 第71號(朝鮮初等教育研究會/1934)

　「高麗青磁」 『歌集 朝鮮』 第1輯(眞人社/1937)

　「戰時下隨想-果物」 『朝鮮』 第339號(朝鮮總督府/1943)


■ 다카하시 노보루(高橋登)

　*1940년 신의주의 수구진 세관 출장소의 감리(監吏)로 근무한 기록.

■ 다카하시 미에코(高橋美惠子)
  *1939년부터 1941년까지 충청남도 삽교 심상소학교와 대전 대흥 국민학교의 교원으로 근무.

■ 다카하시 하쓰에(高橋初惠)
  *1935년부터 1939년까지 경상남도의 진해 심상고등소학교, 함안 보통학교, 함안읍내 심상소학교에서 위탁교원으로 근무한 기록.

■ 도도로키 다이치(轟太市)
  *1940년부터 1941년까지 전라남도 송정동심상소학교와 송정동국민학교 교사로 근무.

■ 도마쓰 신이치(土松新逸)
  *1935년부터 1941년까지 충청남도 예산군, 홍성군, 청양군의 산업 기수로 근무.

■ 마에카와 사다오(前川勘夫)
  「日本人の性格」『朝鮮及滿洲』第295號-第296號(朝鮮及滿洲社/1932)
  「秋雨」『東洋之光』第4卷 第9號(東洋之光社/1940)
  「半島農村文化の諸相」『朝鮮』第329號(朝鮮總督府/1942)
  「統計的に見た半島農村文化の諸相」『朝鮮』第330號(朝鮮總督府/1942)
  단카 수록 『朝鮮公論』通卷 第350號-第379號(朝鮮公論社/1943)
  「朝鮮アルミニウム工業の基礎的諸問題」『朝鮮總督府調査月報』4月號(朝鮮總督府/1943)
  「朝鮮の中小商工業對策に關する若干の指標的調査」『朝鮮總督府調査月報』6月號-7月號(朝鮮總督府/1943)
  「北滿の開拓村」『朝鮮』第342號(朝鮮總督府/1943)
  「朝鮮輕金屬工業槪觀」『朝鮮』第346號(朝鮮總督府/1944)
  「戰時下隨想-米英鬼」『朝鮮』第349號(朝鮮總督府/1944)
  「朝鮮の本」『朝鮮』第353號(朝鮮總督府/1944)

*1935년부터 1937년까지 개성소년형무소의 교사로 근무한 기록.

■ 미시마 리우(美島梨雨)

　　「無題」『朝鮮詩華集』 第1輯(朝鮮詩華集刊行會/1928)

　　단카 수록 『朝鮮公論』 通卷 第292號(朝鮮公論社/1937)

　　단카 수록 『朝鮮公論』 通卷 第295號(朝鮮公論社/1937)

　　「事變と短歌」『朝鮮及滿洲』 第384號(朝鮮及滿洲社/1939)

　　「民謠とは」『朝鮮及滿洲』 第385號(朝鮮及滿洲社/1939)

　　「短歌から見たかつての京城」『朝鮮及滿洲』 第386號(朝鮮及滿洲社/1940)

　　「半島詩壇(和文)の動き」『朝鮮及滿洲』 第390號(朝鮮及滿洲社/1940)

　　「昭和十五年度半島詩歌壇回顧」『朝鮮及滿洲』 第398號(朝鮮及滿洲社/1941)

　　단카 수록 『酒之朝鮮』 第12卷 第3號-第12號(朝鮮酒造調合中央會/1941)

　　단카 수록 『朝鮮遞信』 第288號-第290號(朝鮮遞信協會/1942)

■ 미즈카미 료스케(水上良介)

　　단카 수록 『朝』(朝發行所/1940)

■ 미즈타니 스미코(水谷澄子)

　　『水の椅子：水谷澄子歌集』(ぽせいどおん社/1974)

■ 미치히사 도모코(道久友子)

　　단카 수록 『眞人』 第14卷-第16卷(眞人社/1936-1938)

■ 미치히사 료(道久良)

　　단카 수록 『朝』(朝發行所/1940)

　　단카 수록 『金融組合』 第131號(朝鮮金融組合聯合會/1942)

　　단카 수록 『現代朝鮮短歌集』(現代朝鮮短歌集刊行會/1938)

　　단카 수록 『蓬萊集：歌集』(眞人叢書/1928)

　　『澄める空：朝鮮歌集序篇』(眞人社/1929)

　　*1904년 가가와현(香川縣) 출생. 십대 때 한반도로 건너온 것으로 보이며

1923년『진인(眞人)』창간 이후 주요 가인으로 활동. 1924년 입영, 1928년부터 1930년까지 신의주 영림서의 기수로 근무, 1931년 경기도 광주에서 농업에 종사한 기록. 개인 가집『맑은 하늘澄める空』(眞人社, 1929),『가집 조선歌集朝鮮』(眞人社, 1937) 편찬, 단카 전문잡지『아침朝』(『朝』發行所, 1940)을 주재. 1943년 조선문인보국회 성립 시 단카부 대표 이사로서 임명.

■ 미키 요시코(三木允子)
　단카 수록『眞人』第11卷-第17卷(眞人社/1933-1939)

■ 사사키 가즈코(佐々木かず子)
　단카 수록『眞人』第17卷-第18卷(眞人社/1939-1940)
　「僧房と牡丹の花」『歌集 朝鮮』第1輯(眞人社/1937)
　단카 수록『朝』第1卷 第8號(朝發行所/1940)

■ 사카모토 시게하루(坂元重晴)
　단카 수록『眞人』第9卷-第16卷(眞人社/1931-1938)
　단카 수록『椎の花 : 昭和十年度水甕年刊歌集』(水甕社/1936)
　단카 수록『現代朝鮮短歌集』(現代朝鮮短歌集刊行會/1938)

■ 사토 다모쓰(佐藤保)
　*1939년부터 1940년까지 경성 동대문경찰서의 경부보(警部補)로 근무하다, 1941년에는 경기도 광주경찰서로 이동.

■ 사토 시게하루(佐藤繁治)
　*1921년부터 1922년까지 영림창(營林廠)의 기수로 근무한 기록.

■ 세토 요시오(瀬戸由雄)
　『茂吉一面』(近代文芸社/1984)
　『冬の川 : 瀬戸由雄歌集』(瀬戸富美子/1989)

■ 스기하라 다즈코(杉原田鶴子)

　*1938년부터 1941년까지 충청남도 덕산 심상소학교, 장항항 심상소학교, 삽
　교 국민학교 교사로 근무.


■ 스에다 아키라(末田晃)

　단카 수록 『(久木歌集) 山泉集』(久木社/1932)

　단카 수록 『現代朝鮮短歌集』(現代朝鮮短歌集刊行會/1938)

　「春雪」『朝鮮歌集 : 昭和9年版』(朝鮮歌話會/1934)

　와카, 수필 등 다수 연재 『朝鮮』 第175號-第249號(朝鮮總督府/1929-1936)

　「季節後れの感想」『朝鮮及滿洲』 第384號(朝鮮及滿洲社/1939)

　「日本文學の發生的感情」『朝鮮及滿洲』 第386號(朝鮮及滿洲社/1940)

　「萬葉時代の作品的背景」『朝鮮及滿洲』 第387號-第388號(朝鮮及滿洲社/1940)

　「背景的なる作品の形成」『朝鮮及滿洲』 第392號(朝鮮及滿洲社/1940)

　「文學の自力的意義」『朝鮮及滿洲』 第393號(朝鮮及滿洲社/1940)

　「事變短歌の觀照」『朝鮮及滿洲』 第398號(朝鮮及滿洲社/1941)

　『愛國百人一首全釋 附)愛國短歌集』(國民詩歌發行所/1943)

　*1900년생으로 경성제국대학 예과를 마치고 경성제국대학 예과의 도서관에
　서 근무.


■ 스즈키 히사코(鈴木久子)

　단카 수록 『眞人』 第6卷-第10卷(眞人社/1928-1932)

　단카 수록 『眞人』 第15卷-第19卷(眞人社/1937-1941)

　*진인사 계열의 가인.


■ 시이키 미요코(椎木美代子)

　단카 수록 『現代朝鮮短歌集』(現代朝鮮短歌集刊行會/1938)

　단카 수록 『眞人』 第7卷-第21卷(眞人社/1929-1943)

　「私の作品」『朝鮮歌集 : 昭和9年版』(朝鮮歌話會/1934)

　「友情に縫ふ」『駱駝』 第三卷 第二號(駱駝社/1931)

　「白日の渚」『歌集 朝鮮』 第1輯(眞人社/1937)

『夢は佳し：歌集』(眞人社/1940)

「朝間勤務」『朝鮮及滿洲』第387號(朝鮮及滿洲社/1940)

「七月常會」『三千里』第13卷 第9號(三千里社/1941)

단카 수록『朝鮮女流六人集：歌集：皇紀二千六百年記念』(日韓書房/1941)

단카 수록『現代代表女流銃後歌集 昭和17年度』(歌壇新報社/1942)

단카 수록『短歌聲調』第6號(短歌聲調社/1950)

■ 쓰네오카 가즈유키(常岡一幸)

「新羅野遊行抄」『朝鮮』第243號(朝鮮總督府/1935)

*1936년부터 1941년까지 식산국의 광산과와 산금과에서 근무한 기록.

■ 아라이 미쿠니(新井美邑)

「徵兵制實施の感激」『朝運』第7券 第6號(朝鮮運送/1942)

■ 아마쿠 다쿠오(天久卓夫)

「幹陰」『朝鮮公論』通卷 第296號(朝鮮公論社/1937)

「軒影」『朝鮮公論』通卷 第297號(朝鮮公論社/1937)

「軒影」『朝鮮公論』通卷 第299號(朝鮮公論社/1938)

「男子女子」『金融組合』第113號(朝鮮金融組合聯合會/1938)

「わたしの來歷」『金融組合』第117號(朝鮮金融組合聯合會/1938)

「ある朝」『金融組合』第118號(朝鮮金融組合聯合會/1938)

「戀愛と結婚」『金融組合』第127號(朝鮮金融組合聯合會/1939)

단카 수록『現代朝鮮短歌集』(現代朝鮮短歌集刊行會/1938)

「實話-感心な女」『朝鮮及滿洲』第392號(朝鮮及滿洲社/1940)

「短歌に顯現さる日本文化」『朝鮮公論』通卷 第357號(朝鮮公論社/1942)

『短歌とともに』(潮汐社/1969)

『うしお：天久卓夫現代語歌集』(潮汐社/1982)

『昧爽花：天久卓夫歌集』(潮汐社/1991)

『今と永生と：現代語歌私論』(潮汐社/1991)

『歩く影：現代語歌100首・管見鈔錄』(潮汐社/2001)

『流亡：現代語歌』(潮汐社/2001)

『路上で拾った白い花：現代語歌』(潮汐社/2002)

『そのひと：天久卓夫現代語歌』(潮汐社/2003)

『くちなしの花：天久卓夫現代語歌100首』(潮汐社/2003)

『花の謎：天久卓夫現代語歌100首』(潮汐社/2003)

*『朝鮮銀行會社組合要錄』(中村資良, 東亞經濟時報社, 1942년판)에 따르면 1941
년 설립된 수산업 회사 東海産業(株)의 지배인.

■ 아카미네 가스이(赤峰華水)

단카 수록 『眞人』 第7卷 第4號(眞人社/1929)

단카 수록 『眞人』 第7卷 第7號(眞人社/1929)

단카 수록 『一九三二年歌集：第2年刊歌集』(日本歌人聯盟/1932)

■ 야마모토 도미(山本登美)

*1936년부터 1937년까지 충청남도 대전심상고등소학교에서 교편을 잡은 기
록.

■ 야마시타 사토시(山下智)

단카 수록 『朝』(朝發行所/1940)

단카 수록 『滿洲年刊歌集』 第二輯(滿洲歌友協會/1941)

■ 오가와 다로(小川太郎)

「徵兵制實施の感激」 『朝運』 第7券 第6號(朝鮮運送/1942)

■ 와타나베 오사무(渡邊修)

*1940년부터 1941년까지 경상북도 와룡심상소학교, 와룡국민학교 교사 역임.

■ 요시하라 세이지(吉原政治)

단카 수록 『眞人』 第17卷 一月號－十月號(眞人社/1939)

■ 요코나미 긴로(橫波銀郎)
　　단카 수록 『眞人』 第8卷-第21卷(眞人社/1930-1943)
　　「心の影」 『朝鮮歌集』 昭和9年版(朝鮮歌話會/1934)


■ 우노다 스이코(宇野田翠子)
　　단카 수록 『歌集 1931年』(日本歌人聯盟/1931)
　　단카 수록 『眞人』 第7卷-第18卷(眞人社/1929-1940)
　　「仁川港」 『歌集 朝鮮』 第1輯(眞人社/1937)
　　단카 수록 『現代代表女流銃後歌集』(歌壇新報社/1942)
　　*진인사(眞人社) 계열의 가인


■ 우치다 야스호(內田保穗)
　　단카 수록 『眞人』 第9卷-第15卷(眞人社/1931-1937)
　　「冬近し」 『朝鮮歌集 : 昭和9年版』(朝鮮歌話會/1934)
　　단카, 하이쿠 수록 『滿洲國敎育視察報告』(朝鮮敎育會/1942)


■ 이나다 지카쓰(稻田千勝)
　　*1934년부터 1938년까지 청진토목출장소에서 일하고 1939년부터 1941년까
　　지는 내무국 토목과 근무.


■ 이무라 가즈오(井村一夫)
　　단카 수록, 단카 비평 『眞人』 第5卷-第10卷(眞人社/1927-1932)
　　단카 수록 『蓬萊集 : 歌集』(眞人叢書/1928)
　　단카 수록 『歌集』(日本歌人聯盟/1931)
　　단카 수록 『一九三二年歌集 : 第2年刊歌集』(日本歌人聯盟/1932)
　　단카 수록 『眞人』 第16卷-第20卷(眞人社/1938-1941)
　　『水の如くに : 歌集』(短歌新聞社/1982)
　　*진인사(眞人社) 계열의 가인

■이와부치 도요코(岩淵豊子)
　단카 수록 『歌集』(日本歌人聯盟/1931)


■이와쓰보 이와오(岩坪巖)
　단카 수록 『日本歌壇』 第2輯(1950)
　『わたなかに』(有斐閣出版サービス/1997)
　*1932년부터 1941년까지 평안남도 평양상업학교와 평양중학교 교사로 근무.


■이와타니 미쓰코(岩谷光子)
　단카 수록 『朝』 第1卷 第8號(朝發行所/1940)
　*1939년부터 1941년까지 경기도 갈천심상 소학교와 경성미동 국민학교 교사
　　로 근무


■이토 다즈(伊藤田鶴)
　단카 수록 『眞人』 第18卷-第19卷(眞人社/1940-1941)
　단카 수록 『朝』 第1卷 第8號(朝發行所/1940)


■진 유키오(陳幸男)
　단카 수록 『ポトナム』 第19卷-第21卷(ポトナム短歌會/1940-1942)
　단카 수록 『朝鮮遞信』 第254號(朝鮮遞信協會/1939)
　「新春の力感」 『朝鮮遞信』 第236號(朝鮮遞信協會/1938)
　「秋の餘韻」 『朝鮮遞信』 第246號(朝鮮遞信協會/1938)


■한봉현(韓鳳鉉)
　*1952년 경기도 화성군 갈담초등학교 교장 역임.


■호리 아키라(堀全)
　단카 수록 『眞人』 第17卷-第18卷(眞人社/1939-1940)
　*1939년 농림국 임업과 소속의 경성 영림서(營林署) 기수로 근무한 기록.

■ 후지와라 마사요시(藤原正義)

　단카 수록 『眞人』 第17卷 一月號-八月號(眞人社/1939)

　「戰時下隨想-亦煉瓦の敎室」, 『朝鮮』 第341號(朝鮮總督府/1943)

　*『조선은행 회사조합 요록(朝鮮銀行會社組合要錄)』(中村資良, 東亞經濟時報社,
　　1942년판)에 따르면 1938년 설립된 기생권번 및 토지임대 주식회사 인천권
　　번(仁川券番)의 사장.

■ 히다카 가즈오(日高一雄)

　단카 수록 『眞人』 第6卷-第9卷(眞人社/1928-1931)

　단카 수록 『眞人』 第14卷-第18卷(眞人社/1936-1940)

　단카 수록 『朝運』 第2券-第8卷(朝鮮運送/1937-1943)

　단카 수록 『現代朝鮮短歌集』(現代朝鮮短歌集刊行會/1938)

　『紙漉きの歌:歌集』(長谷川書房/1974)

　*진인사 계열의 가인, 조선운송회사에 근무.

## ❀ 『국민시가』의 시인

■ 가네무라 류사이(金村龍濟) / 김용제(金龍濟)

「秋は佳し」『綠旗』第6卷 第10號(綠旗聯盟/1941)

「宣戰の日に」『綠旗』第7卷 第1號(綠旗聯盟/1942)

「譽の星星」『綠旗』第7卷 第6號(綠旗聯盟/1942)

「鐘 淺野茂子さんに捧げる」『綠旗』第7卷 第10號(綠旗聯盟/1942)

「菊の詞」『綠旗』第7卷 第11號(綠旗聯盟/1942)

「十二月八日」『東洋之光』第4卷 第11號(東洋之光社/1942)

『亞細亞詩集』(大同出版社/1942)

「戰ふ詩人たちに」『綠旗』第8卷 第10號(綠旗聯盟/1943)

「みことのりの日」『綠旗』第8卷 第12號(綠旗聯盟/1943)

「章話」『東洋之光』第5卷 第7號(東洋之光社/1943)

「靑年の橋」「從弟に」『東洋之光』第6卷 第2號(東洋之光社/1944)

「氷上飛行」「この春」『東洋之光』第6卷 第3號(東洋之光社/1944)

「學徒動員」『東洋之光』第6卷 第9號(東洋之光社/1944)

「鯉は雲を呑み」『國民總力』第6卷 第9號(國民總力朝鮮聯盟/1944)

*1909년 충청북도 출생. 일제 말기 친일시 다수 발표하고 강연과 위문, 시 낭독, 극회 활동 등을 하였음. 1943년에는 조선문인보국회 시분회 간사장 겸 상임이사.

■ 가야마 미쓰로(香山光郎) / 이광수(李光洙)

「施政三十年·回顧と展望(六) 朝鮮文藝の今日と明日」『京城日報』1940年9月30日

「聖戰三週年」『三千里』第12卷第7號(三千里社/1940)

『內鮮一體隨想錄』(協和叢書 第5輯) (香山光郎, 中央協和會, 1941년)

「東京の思ひ出」「宣戰大詔-昭和16年12月8日」『三千里』第14卷第1號(三千里社/1942)

「德富蘇峰先生に會ふの記」「この秋こそ奉公の機會」『大東亞』第14卷第3號(三千

里社/1942)

「展望」『綠旗』第8卷 第1號(1943)

「大東亞精神の樹立」に就いて」「菊池寬議長へ」『大東亞』第15卷第3號(三千里社/1943)

*1892년 평안북도 출생. 와세다(早稻田)대학 철학과 수료. 일제강점기 대표적 소설가 겸 시인. 일제 말기 임전보국단(臨戰報國團) 전시생활(戰時生活)부장, 조선문인보국회(朝鮮文人報國會) 이사, 대의당(大義黨)간부 등 역임.

■ 가와구치 기요시(川口淸)

*1937년부터 1941년까지 전라남도 대치동 보통학교와 광주 중앙심상 고등소학교의 교사로 근무.

■ 기무라 데쓰오(木村徹夫)

*1941년 강원도 춘천중학교의 교사로 근무한 기록.

■ 김북원(金北原)

「一步一步を勝利に導くその偉大なる名よ」『朝鮮詩選』(青木書店/1955)

*1911년 함경남도 홍원군 출생. 일찍부터 농촌 소재의 동요와 동시를 썼으며 1935년 소설 「완구」, 「유랑민」 등도 발표. 1946년 전조선문필가협회의 회원, 한국전쟁 중에는 종군. 평론 활동도 하였지만 전후의 인민의 충성심과 혁명의식을 고취하는 시 창작 위주로 평가된 재북파 시인.

■ 나카오 기요시(中尾淸)

「第2學年唱歌指導の實際」『朝鮮の敎育硏究』第2卷4月號(朝鮮初等敎育硏究會/1929)

「情熱」『朝鮮の敎育硏究』第2卷7月號(朝鮮初等敎育硏究會/1929)

「形象されたる詩學雜論」『朝鮮の敎育硏究』第2卷8月號(朝鮮初等敎育硏究會/1929)

「兒童劇演出に關する事など」「狐と葡萄」「兒童劇レヴュ-」「天女の羽衣(兒童劇)『朝鮮の敎育硏究』第2卷11月號(朝鮮初等敎育硏究會/1929)

「流行唄の價値觀と敎育音樂」『朝鮮の敎育硏究』第3卷第1號(朝鮮初等敎育硏究會/1930)

「形式主義文學論を術べて國語教育上に及ぶ」『朝鮮の教育研究』第3卷第9號(朝鮮初等教育研究會/1930)

「詩的哲學者ニイチエの法悅境」『朝鮮及滿洲』第266號(朝鮮及滿洲社/1930)

「詩的哲學者ライチエの法悅境」『朝鮮及滿洲』第267號(朝鮮及滿洲社/1930)

「近代演劇の變遷と樂劇の動向(一)」『朝鮮及滿洲』第278號(朝鮮及滿洲社/1931)

「近代演劇の變遷と樂劇の動向(二)」『朝鮮及滿洲』第279號(朝鮮及滿洲社/1931)

「音樂史上に於けるワグネルの革新」『朝鮮及滿洲』第284號)(朝鮮及滿洲社/1931)

「韻文教育の樣式と其の實際」『朝鮮の教育研究』第4卷第5號(朝鮮初等教育研究會/1931)

「國語讀本卷三 「つばめ」讀方指導の具體案」『朝鮮の教育研究』第4卷第7號(朝鮮初等教育研究會/1931)

「兒童劇の源流を遡る」『朝鮮の教育研究』第4卷第10號(朝鮮初等教育研究會/1931)

「唱歌教授に於ける歌詞取扱に就いて」『朝鮮の教育研究』第5卷第1號(朝鮮初等教育研究會/1932)

「普通學校國語讀本卷三 「ヒヨコ」取扱の實際」『朝鮮の教育研究』第5卷第4號(朝鮮初等教育研究會/1932)

「綴方に於ける記述前の指導」『朝鮮の教育研究』第5卷第6號(朝鮮初等教育研究會/1932)

「綴方に於ける素材觀の揚棄」『朝鮮の教育研究』第5卷第8號(朝鮮初等教育研究會/1932)

「生活と表現との生的契機」『朝鮮の教育研究』第5卷第9號(朝鮮初等教育研究會/1932)

「音樂鑑賞教育の進路」『朝鮮の教育研究』第5卷第12號(朝鮮初等教育研究會/1932)

「普通學校國語讀本卷二 「アシア」と取扱の實際」『朝鮮の教育研究』第52號(朝鮮初等教育研究會/1933)

「音樂鑑賞教育の進路(中ノ一)」『朝鮮の教育研究』第53號(朝鮮初等教育研究會/1933)

「普通學校讀方指導案」『朝鮮の教育研究』第58號(朝鮮初等教育研究會/1933)

「藝術の理解に於ける方法論的考察」『朝鮮の教育研究』第59號(朝鮮初等教育研究會/1933)

「綴方指導の實際」『朝鮮の教育研究』第60號(朝鮮初等教育研究會/1933)

「音樂鑑賞敎育の進路」『朝鮮の敎育硏究』 第61號(朝鮮初等敎育硏究會/1933)

「生活卽社會訓練としての綴方敎育」『朝鮮の敎育硏究』 第64號(朝鮮初等敎育硏究會/1934)

「四年綴方敎育の實際案」『朝鮮の敎育硏究』 第65號(朝鮮初等敎育硏究會/1934)

「三年綴方指導案の實踐」『朝鮮の敎育硏究』 第66號(朝鮮初等敎育硏究會/1934)

「三年綴方指導の實踐」『朝鮮の敎育硏究』 第67號(朝鮮初等敎育硏究會/1934)

「三年綴方指導の實踐」『朝鮮の敎育硏究』 第68號(朝鮮初等敎育硏究會/1934)

「一年の唱歌指導案」『朝鮮の敎育硏究』 第72號(朝鮮初等敎育硏究會/1934)

「普通學校國語讀本卷七 「鴨綠江の筏流し」指導の實際」『朝鮮の敎育硏究』 第73號(朝鮮初等敎育硏究會/1934)

「普通學校國語讀本卷二 「クリヒロイ」指導の實際」『朝鮮の敎育硏究』 第74號(朝鮮初等敎育硏究會/1934)

「國民音樂建設への音樂敎育」『朝鮮の敎育硏究』 第75號(朝鮮初等敎育硏究會/1934)

「五年生の童謠指導」『朝鮮の敎育硏究』 第78號(朝鮮初等敎育硏究會/1935)

「兒童詩の取扱」『朝鮮の敎育硏究』 第79號(朝鮮初等敎育硏究會/1935)

「町を描く京城」『朝鮮の敎育硏究』 第95號(朝鮮初等敎育硏究會/1936)

「昭和文學と國語敎育(中)」『朝鮮の敎育硏究』 第101號(朝鮮初等敎育硏究會/1937)

「昭和文學と國語敎育(下ノ一)」『朝鮮の敎育硏究』 第108號(朝鮮初等敎育硏究會/1937)

「昭和文學と國語敎育(下の二)」『朝鮮の敎育硏究』 第109號(朝鮮初等敎育硏究會/1937)

「昭和文學と國語敎育」『朝鮮の敎育硏究』 第110號(朝鮮初等敎育硏究會/1937)

「昭和文學と國語敎育」『朝鮮の敎育硏究』 第111號(朝鮮初等敎育硏究會/1937)

*1927년부터 1934년까지 경성 사범학교, 1938년부터 1939년까지는 광주 사범학교, 1940년부터 1941년까지는 경성제이 고등여학교의 교사로 근무. 1943년 조선문인보국회(朝鮮文人報國會) 시(詩)부회의 평의원.

■ 다나카 하쓰오(田中初夫)

「朝鮮に於ける國語敎育の問題」『文敎の朝鮮』 第35號(朝鮮敎育學會/1928)

「扶餘紀行」『朝鮮の敎育硏究』 第2卷5月號(朝鮮初等敎育硏究會/1929)

「朝鮮上代音樂史略」『朝鮮の敎育硏究』 第2卷8月號(朝鮮初等敎育硏究會/1929)

「新著推薦「國語敎育に於ける現象學的態度について」」『朝鮮の敎育硏究』第2卷9月號(朝鮮初等敎育硏究會/1929)

「狐と葡萄(童話舞踊劇)」『朝鮮の敎育硏究』第2卷11月號(朝鮮初等敎育硏究會/1929)

「現代文敎授に關する基礎的な覺書の一二」『文敎の朝鮮』第54號(朝鮮敎育學會/1930)

「國語敎材への態度」『文敎の朝鮮』第61號(朝鮮敎育學會/1930)

「世相を反映する民謠」『文敎の朝鮮』第64號(朝鮮敎育學會/1930)

「淨琉璃の起源と小野河通」『朝鮮の敎育硏究』第3卷第5號(朝鮮初等敎育硏究會/1930)

「朝鮮雅樂の樂律に關する解說」『朝鮮及滿洲』第267號(朝鮮及滿洲社/1930)

「朝鮮雅樂の樂律に關する解說」『朝鮮及滿洲』第268號(朝鮮及滿洲社/1930)

「朝鮮雅樂の樂律に關する解說」『朝鮮及滿洲』第269號(朝鮮及滿洲社/1930)

「民謠雜論」『朝鮮及滿洲』第270號(朝鮮及滿洲社/1930)

「續民謠雜論」『朝鮮及滿洲』第272號(朝鮮及滿洲社/1930)

「國語敎材の解釋」『文敎の朝鮮』第73號(朝鮮敎育學會/1931)

「存在學的讀方敎育論草案」『朝鮮の敎育硏究』第5卷第9號(朝鮮初等敎育硏究會/1932)

「續ラチオドラマ雜考」『朝鮮及滿洲』第348號(朝鮮及滿洲社/1936)

「少女日本の歌」『朝鮮の敎育硏究』第95號(朝鮮初等敎育硏究會/1936)

「チヤンバラとパチンコ」『朝鮮及滿洲』第351號(朝鮮及滿洲社/1937)

「皇軍戰勝歌」『東亞日報』1937年10月14日

「古代氏族精神と現代(1)」『朝鮮の敎育硏究』第113號(朝鮮初等敎育硏究會/1938)

「古代氏族精神と現代(2)」『朝鮮の敎育硏究』第114號(朝鮮初等敎育硏究會/1938)

「勤勞報國の歌」『朝鮮の敎育硏究』第121號(朝鮮初等敎育硏究會/1938)

「佛國寺遊記, 半島の旅の思出」『大東亞』第14卷第3號(三千里社/1942)

「梅窓集の詩人, 扶安の妓 桂生のこと」『大東亞』第15卷第3號(三千里社/1943)

*1925년부터 1932년까지 아현공립보통학교, 인천보통학교, 경기도사범학교, 경성상업학교의 교사. 1937년에는 조선총독부 도서관의 촉탁으로 근무한 기록. 1943년 조선문인보국회(朝鮮文人報國會) 시(詩)부회의 평의원.

■ 다카시마 도시오(高島敏雄)

『姍遲鋼抄:詩集』(春巫觀/1932)

■ 마스다 에이이치(增田榮一)

　「地上」『詩風土』第24號(臼井書房/1948)

　「雨はこころに降つてゐる」『詩風土』第33號(臼井書房/1949)

　「夏」『詩風土』第35號(臼井書房/1949)


■ 모리타 요시카즈(森田良一)

　*1938년부터 1940년까지 대전 철도사무소의 대전열차구와 철도국 영업과에
　서 서기로 근무.


■ 모모타 소지(百田宗治)

　*1937년 8월 9일, 하기와라 사쿠타로(萩原朔太郎)가 모모타 소지의 저서 『자
　유시 이후(自由詩以後)』에 관한 서평 도쿄아사히신문(東京朝日新聞)에 게재.


■ 스기모토 다케오(杉本長夫)

　「風」『駱駝』第二輯(駱駝社/1931)

　「しじま」『駱駝』第三輯(駱駝社/1931)

　「惑る女」『駱駝』第二卷 第一號(駱駝社/1932)

　「夕雲」『駱駝』第二卷 第二號(駱駝社/1932)

　「惑る眺望」「海の日」『駱駝』第二卷 第三號(駱駝社/1932)

　「ジャズ音樂について」『朝鮮及滿洲』第298號(朝鮮及滿洲社/1932)

　「舞踏音樂と聲樂に就いて」『朝鮮及滿洲』第306號(朝鮮及滿洲社/1933)

　「文學に於ける音型の一考察」『朝鮮及滿洲』第311號(朝鮮及滿洲社/1933)

　『朝鮮詩人選集』(朝鮮詩人協會/1933)

　「T氏の幻想」『朝鮮及滿洲』第315號(朝鮮及滿洲社/1934)

　「詩人ポ-の臨終」『朝鮮及滿洲』第321號(朝鮮及滿洲社/1934)

　「詩人ポ-の臨終」『朝鮮及滿洲』第322號(朝鮮及滿洲社/1934)

　「詩人エドガ-・ポ-と彼を繞る女性」『朝鮮及滿洲』第326號(朝鮮及滿洲社/1935)

　「早春の朝」『詩作』第2年 第1號(芸苑社/1937)

　「森」『詩作』第2年 第6號(芸苑社/1937)

　「終焉譜」『詩作』第3年 第1號(芸苑社/1937)

「半島文壇と內鮮一體」『朝鮮』第298號(朝鮮總督府/1940)

「ささやかなる祈リ」『三千里』第12卷第7號(三千里社/1940)

「長鼓」『三千里』第13卷第9號(三千里社/1941)

「幼き者達」『綠旗』第5卷 第10號(綠旗聯盟/1941)

「希望」『綠旗』第6卷 第11號(綠旗聯盟/1942)

「神州の鐘」『朝鮮』第329號(朝鮮總督府/1942)

「空を征く者」『綠旗』第8卷 第9號(綠旗聯盟/1943)

「敵國イギリスの婦人部隊」『朝鮮』第345號(朝鮮總督府/1944)

「決意の秋」『興亞文化』(綠旗改題) 第9卷 第10號(興亞文化出版/1944)

「鬼百合」『文學地帶』第3卷 第1號(芸苑社/1948)

「EXECUTION」『詩界』第18號(日本詩人クラブ/1953)

『石に寄せて：詩集』(ユリイカ/1955)

시 수록『詩學』第11卷 第2號 第98號(詩學社/1956)

「呪文」『詩學』第11卷 第6號 第102號(詩學社/1956)

「忘却」他三篇『滋賀詩集』(近江詩人會/1957)

「あの日・あの頃」『親和』第54號(日韓親和會/1958)

「風」『詩學』第13卷 第5號 第129號(詩學社/1958)

「旅路にて」他『現代詩選』第2集(吾妻書房/1959)

「悲哀」『詩聲』第23號(詩聲社/1959)

「花」『詩聲』第24號(詩聲社/1959)

「小景」『骨』第16號(骨發行所/1959)

「魔女」『詩聲』第25號(詩聲社/1960)

「古い琴の獨白」『詩聲』第26號(詩聲社/1960)

「徑」『詩聲』第27號(詩聲社/1960)

「渴き」『詩聲』第28號(詩聲社/1960)

『呪文：杉本長夫詩集』(文童社/1962)

「砧」『親和』第167號(日韓親和會/1967)

『樹木の目：詩集』(文童社/1969)

*1909년 출생하여 1973년 사망. 아버지가 경성에 병원을 개원하여 경성에서
  유년 시절을 보내고 경성공립중학교 시절부터 시 창작. 경성제국대학 예과

에 입학하고 1929년 문단에 데뷔. 경성제국대학 영문학과 교수이자 시인인
사토 기요시(佐藤淸)에게 사사하고 1931년 시 잡지『낙타(駱駝)』창간. 1932
년부터 경성제대 법문학부 조수, 1936년부터 1943년까지 경성법학전문학교
촉탁교원을 거쳐 교수를 역임. 1939년 조선문인협회 설립 당시에도 간사를
역임하는 등 일제 말기까지 조선의 시 문단의 중요 인물로서 활동.

■ 시로야마 마사키(城山昌樹)

「手紙」『綠旗』第7卷 第10號(綠旗聯盟/1942)

「わかものの歌」『東洋之光』第4卷 第9號(東洋之光社/1942)

「白い風景」『日本詩壇』第10卷 第3號 通卷第99號(日本詩壇/1942)

「ニュース映畫をみる」『日本詩壇』第10卷 第4號 通卷第100號(日本詩壇/1942)

「征け」『日本詩壇』第10卷 第5號 通卷第101號(日本詩壇/1942)

「花信」『日本詩壇』第10卷 第6號 通卷第102號(日本詩壇/1942)

「古い苑でうたふ」『日本詩壇』第10卷 第7號 通卷第103號(日本詩壇/1942)

「父の墓へゆく」『日本詩壇』第10卷 第12號 通卷第108號(日本詩壇/1942)

「瞼裏の彼奴」『東洋之光』第5卷 第10號(東洋之光社/1943)

「凜烈賦」『綠旗』第8卷 第12號(綠旗聯盟/1943)

「雪の宵」『日本詩壇』第11卷 第1號 通卷第109號(日本詩壇/1943)

■ 아마가사키 유타카(尼ケ崎豊)

「隱忍」『興亞文化』(綠旗改題) 第9卷 第9號(興亞文化出版/1944)

「叙勳の御沙汰に接し」『昭和靑年詩集』(新詩潮社/1943)

「森の目覺め」『日本詩壇』第9卷 10月號 通卷第95號(日本詩壇/1941)

■ 아베 이치로(安部一郎)

*1938년부터 1941년까지 신의주 세관의 감시과와 평양지방 전매국의 신의주
출장소 촉탁을 겸한 것으로 기록.

■ 양명문(楊明文)

『華愁園 : 詩集』(靑磁社/1940)

　*1913년 평양 출생. 1985년 사망. 리얼리즘을 추구한 재북 문인, 월남 시인으
　로 알려졌고 한국전쟁 때는 종군 작가로 활동. 1956년『화성인』등의 시집
　을 남겼으며 가곡「명태」의 작사가로 유명.


■ 에사키 아키히토(江崎章人)
　시 수록『平壤詩話會作品集』第1輯(朝鮮文人報國會/1944)
　「步かう」『興亞文化』(綠旗改題) 第9卷 第9號(興亞文化出版/1944)
　「海の色」『東洋之光』第5卷 第8號(東洋之光社/1943)
　「憤怒」『東洋之光』第6卷 第10號(東洋之光社/1944)


■ 요시다 미노루(吉田實)
　「富士山に寄す」『國民文學』第3卷第2號(人文社/1943)


■ 요시다 쓰네오(吉田常夫)
　「聖業」『日本詩壇』第9卷 第3號 通卷第88號(日本詩壇/1941)
　「記」『日本詩壇』第9卷 第4號 通卷第89號(日本詩壇/1941)
　「風葬」『日本詩壇』第9卷 第5號 通卷第90號(日本詩壇/1941)
　「業」『日本詩壇』第9卷 第11號 通卷第96號(日本詩壇/1942)
　「火」『日本詩壇』第10卷 第2號 通卷第98號(日本詩壇/1942)


■ 우에다 다다오(上田忠男)
　「盜伐」『詩集』(前奏社/1934)
　「町を描く, 釜山」『朝鮮の教育研究』第95號(朝鮮初等教育研究會/1936)
　「つるぎ」『進め少國民』(東都書籍株式會社京城支部/1944)


■ 윤군선(尹君善)
　*「艶女」『東亞日報』1940년 7월 28일 [동아시단(東亞詩壇)]


■ 이와세 가즈오(岩瀬一男)
　「鏡」『朝鮮詩華集』第1輯(朝鮮詩華集刊行會/1928)

*1941년 철도국 공작과의 서기로 근무.

■ 임호권(林虎權)

*1937년 도쿄조선영화협회의 멤버였고 1939년 도쿄학생예술좌원 검거 취조에 거명됨. 광복 이후에는 『자유신문』에 기고를 하며 1948년에는 민족정신 앙양 전국문화인 총궐기대회, 1949년 한국문학가협회의 초청 인사로 1950년 이전까지 활발한 시 활동.

■ 조우식(趙宇植)

「故鄕にて」『東洋之光』第4卷第9號(東洋之光社/1942)

「海に歌ふ」『國民文學』第2卷第1號(人文社/1942)

「家族頌歌」『國民文學』第3卷第6號(人文社/1943)

*시인이자 미술가. 1930년대 후반 초현실주의나 추상미술과 같은 신흥 미술을 소개. 1937년 니혼(日本)미술학교 재학 중 제16회 조선미술전람회 서양화 부분에 「남자(男)」로 첫 입선. 1938년에는 쓰키지(築地) 소극장에서 개최된 동경학생예술좌(東京學生藝術座) 5주년 기념 공연 「지평선」 무대장치 담당. 『매일신보』에 초현실주의를 소개하는 글을 연재. 1939년 경성제국대학 갤러리에서 추상미술 계열의 사진과 회화 전시. 1940년 이후 일본이 주장하는 대동아공영권과 신체제에 적극적으로 협력하는 글을 발표하고 시인으로서 국민시낭독회와 문인보국회가 주도하는 일본어 시 낭송회. 1943년부터 1944년까지 잡지 『문화조선(文化朝鮮)』의 촉탁기자, 『농공지조선(農工之朝鮮)』의 편집장(1944년 3월) 역임. 이 시기 시라카와 에이지(白川榮二)라는 일본 이름으로 글 발표.

■ 주영섭(朱永涉)

*시인이자 연극, 영화 종사자. 1934년 6월에는 도쿄에서 극단 학생예술좌 창립에 관여하고, 7월에는 조선프롤레타리아예술동맹원 검거 기록에 거명. 1939년에는 종로서에 불온연극 혐의로 검거되어 경성지방법원으로 송국, 1940년에도 좌익연주운동 혐의로 검거. 1941년에는 신체제의 이념 하에 국민 연극을 수립한다는 목적으로 창립된 극단 현대극장에 유치진 등과 함께

발기인으로 참여.

■ 히라누마 분포(平沼文甫) / 윤두헌(尹斗憲)
　「言葉の問題」 『國民文學』 第3卷第2號(人文社/1943)
　「推進か便乘か」 『國民文學』 第3卷第6號(人文社/1943)
　「創作の一年」 『新時代』 第3卷第12號(新時代社/1943)
　「より高くより遠く」 『國民文學』 第4卷第4號(人文社/1944)
　「思想的前進－國民文學から臣民文學へ」 「新しき人間と倫理」 『國民文學』 第4卷
　第5號(人文社/1944)
　「唇に歌をもて」 『內鮮一體』 第5卷第8號(內鮮一體社/1944)
　*1914년 함경북도 출생. 1943년 조선문인보국회(朝鮮文人報國會)의 평론수필
　부회 간사장 임명. 1944년 보도특별정신대 경기도 파견원으로 평안남북도에
　징병검사 상황 파악과 관련 미담을 수집하기 위해 파견. 광복 이후 월북하
　여 1956년 10월 조선작가동맹 부위원장 역임. 1958년 부르주아 비평가로
　평가되어 숙청당한 것으로 추측.

■ 히라누마 호슈(平沼奉周) / 윤봉주(尹奉周)
　「不信の子」 『日本詩壇』 第10卷 第1號 通卷第97號(日本詩壇/1942)
　「純情」 『日本詩壇』 第10卷 第12號 通卷第108號(日本詩壇 1942)
　「花子ちやん」 『戰時日本詩集』(國民詩人協會/1942)
　「デパアト」 『日本詩集』 昭和18年版(日本歌謠詩報國會/1943)

■ 히카와 리후쿠(陽川利福)
　「空」 『興亞文化』(綠旗改題) 第9卷 第8號(興亞文化出版/1944)

# 인명 찾아보기

항목 뒤에 ①, ②, ③, ④, ⑤, ⑥, ⑦은 각각
①『국민시가』1941년 9월호(창간호), ② 1941년 10월호, ③ 1941년 12월호,
④ 1942년 3월 특집호『국민시가집』, ⑤ 1942년 8월호, ⑥ 1942년 11월호,
⑦ 연구서 ≪문학잡지『國民詩歌』와 한반도의 일본어 시가문학≫을 지칭한다.

## ㄱ

# 사항 찾아보기

항목 뒤에 ①, ②, ③, ④, ⑤, ⑥, ⑦은 각각
① 『국민시가』 1941년 9월호(창간호), ② 1941년 10월호, ③ 1941년 12월호,
④ 1942년 3월 특집호『국민시가집』, ⑤ 1942년 8월호, ⑥ 1942년 11월호,
⑦ 연구서 ≪문학잡지『國民詩歌』와 한반도의 일본어 시가문학≫을 지칭한다.

## ㄱ

**저자 엄인경(嚴仁卿)** | 고려대학교 일본연구센터 HK교수

서울 출생으로 고려대학교 일어일문학과를 졸업하고 동(同)대학교 대학원에서 일본 중세문학을 전공하여 2006년 문학박사 학위를 취득하였다. 이후 고려대학교 일본연구센터의 연구교수를 거쳐 현재 HK교수로 재직 중이다.

일본 고전문학의 사상적 배경과 현대적 해석에 관심을 가지고 연구를 하다, '식민지 일본어 문학·문화 연구회'에 참여하여 일제강점기 한반도에서 창작, 향유된 수많은 일본어 전통시가의 존재를 알고 연구 영역을 확장하게 되었다. 2009년부터 한반도에서 영위된 일본어 전통시가를 조사, 연구하는 과정에서 일제 말기 최후의 일본어 전문 시가 잡지인『국민시가(國民詩歌)』를 발굴하였고, 본 연구서와 더불어 동료 연구자들과『국민시가』완역 시리즈를 내놓게 되었다.

저서에『일본 중세 은자문학과 사상』(역사공간, 2013), 역서에『이즈미 교카의 검은 고양이』(문, 2010),『몽중문답』(학고방, 2013),『마지막 회전』(학고방, 2014)이 있으며 공동 작업을 한 저역서도 다수 있다.『한반도·중국 만주 지역 간행 일본어 전통시가 자료집(전45권)』(이회, 2013)과『근대초기 한반도 간행 일본어잡지 자료집(전18권)』(이회, 2014)과 같은 대규모 자료집을 공편으로 간행하였고, 이를 토대로「한반도에서 간행된 일본전통시가 문헌의 조사연구」(2013),「한반도의 단카(短歌) 잡지『진인(眞人)』과 조선의 민요」(2014) 등의 논문들을 발표하고 있다.

## 문학잡지 『國民詩歌』와 한반도의 일본어 시가문학

초판 인쇄 2015년 4월 22일
초판 발행 2015년 4월 29일

저　자　엄인경
펴낸이　이대현
편　집　권분옥·이소희·오정대
펴낸곳　도서출판 역락
주　소　서울시 서초구 동광로 46길 6-6 문창빌딩 2층
전　화　02-3409-2060(편집부), 2058(영업부)
팩　스　02-3409-2059
등　록　1999년 4월 19일 제303-2002-000014호
이메일　youkrack@hanmail.net

정　가　15,000원
ISBN　979-11-5686-183-6 93830

이 도서의 국립중앙도서관 출판예정도서목록(CIP)은 서지정보유통지원시스템 홈페이지(http://seoji.nl.go.kr)와 국가자료공동목록시스템(http://www.nl.go.kr/kolisnet)에서 이용하실 수 있습니다.(CIP제어번호: CIP2015010889)